तिल भर जगह नहीं

कवि-कथाकार-सम्पादक अवधनारायण मुद्गल

तिल भर जगह नहीं

कवि-कथाकार-सम्पादक अवधनारायण मुद्गल

चित्रा मुद्गल

वाणी प्रकाशन

वाणी प्रकाशन
4695, 21-ए, दरियागंज, नयी दिल्ली 110 002
फ़ोन : +91 11 23273167 फ़ैक्स : +91 11 23275710
शाखाएँ
अशोक राजपथ, पटना 800 004, बिहार
कॉफ़ी हाउस कैम्पस, महात्मा गांधी मार्ग, इलाहाबाद 211 001, उत्तर प्रदेश
महात्मा गांधी अन्तरराष्ट्रीय हिन्दी विश्वविद्यालय, वर्धा 442 001, महाराष्ट्र
सुल्तानिया रोड, मोतिया पार्क, भोपाल 462 001, मध्य प्रदेश
www.vaniprakashan.com
marketing@vaniprakashan.in
sales@vaniprakashan.in

TIL BHAR JAGAH NAHIN
by Chitra Mudgal

ISBN : 978-93-89563-76-4
Memoirs

प्रथम संस्करण 2020

मूल्य : ₹ 399

सिटी प्रेस, दिल्ली-110 095 में मुद्रित

वाणी प्रकाशन का लोगो मक़बूल फ़िदा हुसेन की कूची से

तुमको समेट पाना एक बँधे-बँधाये
खाँचे में...सम्भव है मेरे लिए!

भूमिका

'मैं नागों की भीड़ में यज्ञ के सारे मन्त्र भूल गया हूँ, तिल भर जगह नहीं जहाँ मैं अपना हवनकुण्ड स्थापित कर सकूँ।'

ये पंक्तियाँ हैं अवधनारायण मुद्‌गल की बहुचर्चित एवं प्रशंसित कविता 'नाग यज्ञ और मैं' की।

'नाग यज्ञ और मैं' सबसे पहले 'धर्मयुग' में प्रकाशित हुई थी। डॉ. धर्मवीर भारती ने कविता पढ़ते ही छोटी-सी चिट्‌ठी लिखी थी—'वर्तमान भारतीय राजनीति और जनसामान्य में व्यवस्था के प्रति व्याप्त हताशा, क्षोभ और मोहभंग की सूक्ष्म अर्थान्विति को गहरे उद्‌घाटित करती विरल मिथकीय प्रयोग का उदाहरण है—'नाग यज्ञ और मैं'। अवध में जिसकी गहरी समझ और मर्मज्ञता है।' लेकिन जब भी मैं अवध की 'नाग यज्ञ और मैं' कविता एकान्त में पढ़ती हूँ तो व्यक्त के समान्तर अव्यक्त की सहसा अनेक अर्थछवियाँ अपनी गाँठें खोलने के लिए मुझे आमन्त्रित करती हुई-सी महसूस होती हैं। उन गाँठों पर चुटकी रखते ही अनायास एक सघन उदासी तारी होने लगती है मनस् पर कि कहीं यह कविता उनकी निजी आत्मपीड़ा और विदीर्ण कर देने वाले जीवन संघर्ष की पराकाष्ठा से उपजी वह बेचैनी और तड़प की परिणति तो नहीं है जो चाहती थी जीवन में मुट्‌ठी-भर सुकून पाने के लिए तिल भर जगह, जहाँ वह अपना हवनकुण्ड स्थापित कर सके! जी सके जीवन को उस तरह से जिस तरह से जीने के आकांक्षी थे वे।

कह नहीं सकती कि उनकी वह तलाश पूरी हुई कि नहीं।

कहते हैं—तलाश कभी पूरी नहीं होती। परिणिति के निकट पहुँचकर वह नया रूप धर लेती है। और अगर मैं यह मान लूँ कि हो सकता है, मेरे साथ को पाकर उनकी उस तलाश ने अपना पूर्ण विराम अर्जित कर लिया हो तो मैं उस मुग़ालते को आँखें बन्द होने तक, अपने से अलग नहीं करना चाहती।

यह भी कहना चाहती हूँ कि उनके पत्रों ने मुझे यह मुग़ालता सौंपा है...

और मैं जीना चाहती हूँ उस मुगालते को।

अवध पर विनिबन्ध लिखना, स्वीकार करना ही होगा कि मेरे लिए आसान नहीं था।

लिखते हुए निरन्तर उसमें बने रहकर भी आशंकित होती रही, कहीं विनिबन्ध की सीमाओं का अतिक्रमण तो नहीं कर रही मैं!

तो यह स्वीकार करने में गुरेज़ नहीं कि सावधानी के बावजूद विधागत अनुशासन की उम्मीद न करें पाठक मुझसे।

पटरी से रह-रहकर विद्रोह करते, छटकते उन संस्पर्शों को प्रतिबन्धित कर पाना शायद मेरे वश में नहीं था। न जाने कितनी बार भरभरायी आँखों ने लिखी जा रही पंक्तियों को अवरुद्ध किया है।...

कवि, कथाकार, प्रतिकुलपति आनन्दवर्धन ने जब मुझसे, 'अमृतलाल नागर सृजनपीठ' की एक शर्त का खुलासा किया कि दीदी, आपको किसी बड़े लेखक पर एक विनिबन्ध लिखना होगा। यही कोई तकरीबन सौ-सवा सौ पृष्ठों का तो मेरा जवाब था—मैं अवध पर लिखना चाहूँगी आनन्द! यह पुस्तक यदि मैं नहीं लिखूँगी तो शायद कोई और नहीं लिख पायेगा उन पर। चुनौती भरे यथार्थ की अविश्वसनीय-सी प्रतीत होती विद्रूपताओं की कीलों से प्रतिपल छलनी होते, छीजते और उसके दबाव, प्रभाव से उपजे मनोदाह के मध्य पूरे

जीवट के साथ, स्वयं के विचलनों से स्वयं को उबारते, तलाशते, गढ़ते, उठ खड़े होते उस व्यक्ति को ढूँढ़ पाना—जिसका नाम अवधनारायण मुद्गल है, कम मुश्किल काम नहीं था।

पाँचवीं मुलाकात में अवध ने कहा का—इस समान में अबोध बच्चियों को ही डोली में विदा नहीं किया जाता है चितुल, अबोध लड़कों को भी लग्न बेदी पर बैठा दिया जाता है...

कथाकार, आलोचक महेश दर्पण ने दसेक वर्ष पूर्व टाइम्स ऑफ़ इंडिया के अपने कार्यालय से मुझे फ़ोन कर कहा था, दीदी, दादा को अपनी आत्मकथा ज़रूर लिखनी चाहिए। या तो वह बोलें और कोई उसे लिखता रहे। या एक विकल्प यह भी हो सकता है कि मैं कुछ समय दफ़्तर से निकालकर घर आऊँ और टेप पर दादा के लम्बे साक्षात्कार करूँ।

एक रोज़ एक उतरती दोपहर महेश सोनी का एक नया टेपरिकॉर्डर और दस टेप ख़रीदकर घर आ गये। अवध से उनकी लम्बी बातचीत हुई।

यह सिलसिला तीन बार से आगे नहीं बढ़ पाया।

मैंने बहुत कोशिश की कि टेप ऑन करके अवध के सामने रख दूँ स्वयं कुछ प्रश्नों के साथ। तभी अवध अस्वस्थ हो गये...

अवध से लिए गये वे साक्षात्कार किताबघर द्वारा प्रकाशित, महेश द्वारा सम्पादित 'अवधनारायण मुद्गल समग्र' में संकलित हैं।

महेश ने जो चाहा था, शायद उसे मुझे पूरा करना था।

नहीं जानती क्या कर पायी हूँ, मगर मैं आभारी हूँ महात्मा गाँधी अन्तरराष्ट्रीय हिन्दी विश्वविद्यालय, वर्धा की। कुलपति आचार्य श्री गिरीश्वर मिश्र जी की, जिन्होंने मुझे 'अमृतलाल नागर सृजनपीठ' पर अतिथि रचनाकार के रूप में आमन्त्रित कर इस पुस्तक को लिखने का अवसर दिया।...

अनुक्रम

परिचय

स्वातन्त्र्योत्तर हिन्दी रचनाकारों व यशस्वी सम्पादकों में अवधनारायण मुद्गल का सर्वथा अलग ही स्थान है। कविता, कहानी, रिपोर्ताज़, रूपक, फ़ीचर, साक्षात्कार, डायरी तथा अनुवाद विधा को तो इस रचनाकार ने समृद्ध किया ही, लम्बे समय तक सम्पादन के क्षेत्र में उनका उल्लेखनीय योगदान ग़ौरतलब है। अमृतलाल नागर व यशपाल सरीखे बड़े रचनाकारों के सान्निध्य की आत्मीयता ने उनके संवेदनशील व्यक्तित्व को कुछ ऐसा निखारा सँवारा कि वह मिज़ाज से ही एक खुले मन के ऐसे हिन्दी साहित्यकार बने जिसमें परम्परा और आधुनिकता का विवेकसम्मत संगम देखने को मिलता है। उनके व्यक्तित्व निर्माण में उनकी गहन अध्ययनशीलता का विशेष योगदान है। महानगरों में लम्बे समय तक रहने के बावजूद सच तो यह है कि उन्हें अपना गाँव एमनपुरा बराबर खींचता रहता था। गाँव से भी ज़्यादा गाँव से जुड़ी तहसील बाह!

एक मध्यमवर्गीय कृषक परिवार में जन्मे अवधनारायण मुद्गल के जीवन से दो जन्मतिथियाँ जुड़ी रहीं। एक वह जो वास्तविक थी और दूसरी वह जो स्कूल के अध्यापक की पसन्द से लिख ली गयी, अर्थात् 1 जुलाई, 1936। बहरहाल, गाँव एमनपुरा, पोस्ट बाह, ज़िला आगरा में पण्डित गणेश प्रसाद मुद्गल और श्रीमती पार्वती देवी के पुत्र के रूप में 28 फ़रवरी, 1936 के दिन जन्मे अवधनारायण। एक सामान्य कृषक परिवार के बच्चे की भाँति ही उनका बचपन अनेक अर्थाभावों के बीच से गुज़रा। प्रारम्भिक शिक्षा (अर्थात् कक्षा एक से मिडिल तक) बाह में प्राप्त करने के बाद अवधनारायण को गाँव से ढाई कोस दूर होलीपुरा जाकर पढ़ाई करनी पड़ी। आठवीं से दसवीं कक्षा तक वह डी.एम. इंटर कॉलेज, होलीपुरा में पढ़े।

एमनपुरा से बाह के प्राइमरी स्कूल जाने के दिनों को वह उम्र के अन्तिम दशक तक भी ख़ूब याद करते थे।

संगी-साथियों के साथ रामलीला देखना, घर लौटते समय कबड्डी खेलना, पाटियाँ लड़ाना, सिंघाड़े तोड़ना और तोड़ते-तोड़ते तालाब में धँस जाना, बेरों के बाग़ से ढेर सारे बेर तोड़ना, माली के डाँटने पर जान बचाकर भागना...एक-एक घटना का वर्णन अवध जी ने महेश दर्पण को दिये एक विस्तृत साक्षात्कार में किया है। खेत-खलिहान में खेले जाने वाले छुआ-छुअल के खेल हों या प्राइमरी स्कूल के रोचक अनुभव—अवधनारायण मुद्गल बचपन की अपनी शरारतों को कभी भुला नहीं पाये।

प्राइमरी स्कूल और परिवेश का पाठ

अपने प्राइमरी स्कूल के प्रधानाध्यापक, जो उस समय सत्तर के आसपास थे, से भी छेड़छाड़ करने से भी बाज न आते किशोर अवधनारायण।

एक दिन सहपाठियों ने उकसा दिया उन्हें कि कूपन मास्टर यानी कि प्रधानाध्यापक को छेड़ना है। बस, फिर क्या था। उकसावे में आकर अवधनारायण ने ढिठाई से जाकर उनसे कह दिया—'ले कपना, लेमनचूस ले।'

उन्हें उनकी इस उद्दण्डता पर क्रोध आना ही था। छड़ी से उन्होंने वो जमकर पिटाई की कि अवधनारायण रोते-चिल्लाते रहे—'मास्टर जी मर गये, पण्डित जी मर गये।'

मगर प्रधानाध्यापक का दिल रत्ती-भर न पसीजा। वे मारते जायें और कहते जायें कि 'पण्डित जी मर गये कि तू मर गया।'

इस घटना ने बचपन में ही उन्हें सिखा दिया कि बड़ों से उद्दण्ड व्यवहार करने का क्या परिणाम होता है। तीन दिन तक पीठ और टाँगों पर उनकी अम्माँ ने हल्दी-चूने का लेप लगाया। चौथे रोज़ जाकर कहीं देह की टीसती पीर टूटी। पाँचवें रोज़ घर आकर प्रधानाध्यापक ने उनकी खोज-ख़बर ली। इस घटना ने बचपन में ही उन्हें सिखा दिया कि बड़े-बूढ़ों का मज़ाक़ बनाना ग़लत आचरण है।

यह दीगर बात है कि इस घटना के बाद, जब कभी घर में कोई महत्त्वपूर्ण आयोजन होता, अवधनारायण पूरे सम्मान के साथ प्रधानाध्यापक को निमन्त्रित

करने उनके घर पहुँचते। प्रधानाध्यापक भी निमन्त्रण का मान रखने उनके घर प्रीतिभोज में अवश्य पहुँचते।

सांस्कृतिक, आर्थिक व राजनीतिक दृष्टि से बाहर का इलाक़ा बहुत विकसित तो अब भी नहीं कहा जा सकता, किन्तु उन दिनों तो वह और भी पिछड़ा हुआ था। भावुकता एवं कल्पनाशीलता से भरपूर अवधनारायण को बचपन में बहुत समृद्ध परिवेश नहीं मिला। फिर भी एक बालक जितना स्वप्नजीवी हो सकता है उतना तो अवधनारायण भी थे ही।

मिडिल स्कूल में उनके हेडमास्टर पहले तो एक अंग्रेज़ी के अध्यापक थे, किन्तु बाद में अवधनारायण के रिश्ते के ताऊ के बेटे ही हेडमास्टर हो गये। जब दद्दा ही पढ़ाने लगे तो पढ़ाई के प्रति रुचि बढ़ने लगी। दिन में तो दद्दा स्कूल में पढ़ाते ही थे, रात में भी कठिनाइयों के समाधान हेतु बाह में लालटेन लेकर उनके पास जाने लगे।

पढ़ाई अपनी जगह थी और मौज मस्तियाँ अपनी जगह।

अवधनारायण के बाबा चाहते थे कि वह पढ़ने में जी-जान लगा दें। दूसरी ओर वह यह भी चाहते थे कि खेतीबारी में भी वह मन रमायें। किसान के बेटे को खेत जोतना, बोना तो आना ही चाहिए मगर अवध का मन खेतीबारी में विशेष न लगता। लेकिन बाबा कहाँ मानने वाले थे। किसी-न-किसी बहाने वह खेतों के काम में उन्हें लगा ही लेते। खलिहान से अनाज भण्डारण के लिए घर आता तो अवधनारायण को भी उसकी बड़ी-बड़ी गठरियाँ सिर पर ढोनी पड़तीं। मिट्टी की ऊँची डहरियों में अनाज भरना पड़ता। ऊब जाते तो अनाज डहरियों में भरते हुए जानबूझकर ज़मीन पर छितरा देते ताकि बाबा उन्हें ठीक से काम न करने पर डाँट कर भगा दें।

खेतों में बाजरा कट जाता तो दूसरी फ़सल की तैयारी शुरू हो जाती। पहले जोतते फिर पटेला करते खेतों में। काम के बोझ से अवध का दिल घबराने लगता। जैसे ही वह देखते कि बाबा खेतों को छोड़ किसी काम से घर लौट गये हैं तो वह सारे हमजोलियों को इकट्ठा कर लेते और खेत को कबड्डी का मैदान बना लेते।

गाँव के बच्चों का निष्कलुष मानस खोलने वाली एक घटना का ज़िक्र अवध जी बातों-बातों में रस लेते हुए सुनाया करते—'हमारे बड़े भैया

(श्याम बिहारी मुद्गल) गाँव के बड़े लड़कों में थे। एक रोज़ बड़े भैया अपनी मण्डली के साथ कबड्डी खेल रहे थे। खेलते-खेलते उन्हें पेशाब लग आयी। पेशाब लग आयी तो पीपल के एक पेड़ के नीचे उन्होंने पेशाब कर दी। इत्तफ़ाक़ ये हुआ कि उसी रोज़ उनकी तबीयत ख़राब हो गयी। अन्धविश्वास का आलम ये कि गाँव वाले एक स्वर में अलापने लगे कि श्याम बिहारी को तो भूत ने पकड़ लिया है। पीपल के पेड़ पर तो भूत का निवास है। भूत को सब पीपल वाले बाबा कहा करते थे। ...तो साहब, अब क्या था। सभी कहने लगे कि बड़े भैया के सिर पर पीपल वाले बाबा सवार हो गये हैं।

झड़वइए-फुँकवइए बुलाये गये। ख़ूब झाड़ा-फूँकी हुई। तब कहीं जाकर बड़े भैया के सिर से पीपल वाले बाबा उतरे। आसानी से थोड़े ही छूटे। इक्कीस ब्राह्मणों को भोजन ऊपर से कराना पड़ा।

एक और मज़ेदार प्रसंग वह अपने बारे में सुनाते रहे हैं।

एक रोज़ अवधनारायण को चूहे ने काट लिया। स्वयं अपनी आँखों देख लिया था उन्होंने कि चूहे ने काटा है; लेकिन शरारती मिज़ाज का क्या करें! चिल्लाने लगे कि साँप ने काट लिया, साँप ने काट लिया। कच्चे घर में साँप कहीं ढूँढ़े न मिला। टोटके के मुताबिक़ ज़हर उतारने के लिए थाली बजी। थाली बजी तो अवध सिर हिलाने लगे। सिर हिलाते-हिलाते ज़मीन पर रख दिया। ज़मीन पर भी कहाँ; एक गद्दी बनाई गयी थी धोतियों को लपेटकर। उसी पर रखा। उसके बाद झूमते हुए बोले कि ज़हर तब तक नहीं उतरेगा साँप का जब तक 101 लोगों को भोजन न कराया जायेगा। अवध के बाबा यह सुनकर बुरी तरह घबरा गये। हाथों-हाथ भोजन बनवाने का प्रबन्ध हुआ। 101 लोगों को भोजन कराया गया।

ये वो दिन थे जब अवध जी के गाँव की कुल आबादी 200 लोगों की हुआ करती थी। ऐसे में पूरे गाँव को ही न्यौता दे दिया गया। 101 की जगह पूरे गाँव का भोजन हो गया। बाद में पछताये अवध जी। शरारत काफ़ी महँगी पड़ी। तौबा की! अपनी ओर घर का ध्यान आकृष्ट करने के लिए अब ऐसा कोई काम नहीं करेंगे जो घर की माली हालत को और पतला कर दे।

मिडिल स्कूल के दिनों में प्रत्येक शनिवार को स्कूल में रामायण का पाठ होता। अवध जी बड़ी श्रद्धा के साथ रामायण का पाठ सुनते। बाज़ार से

प्रसाद लाकर बाँटा जाता। न पंजीरी बनती न पंचामृत। बँटती रेवड़ी, गट्टा या इलायची दाने।

ये वो दिन थे जब अवध की युवावस्था झाँकने लगी थी। ऐसे में अन्य लड़कों की देखा-देखी उन्हें भी कुश्ती लड़ने का शौक़ हो आया। कुएँ के पास ही एक अखाड़ा था। वहाँ पहले से ही लड़के कसरत किया करते। हज़ार-हज़ार बैठकें लगाते और दो सौ, ढाई सौ के क़रीब दण्ड पेलते। यह नया माहौल एक नयी भाषा बना रहा था। आपस की बातचीत में कहा जाता—सौ उड़ एक पकड़। यानी अखाड़े में एक कुश्ती हो गयी। तो एक पकड़ में सौ दण्ड के बराबर मेहनत पड़ जाती।

ऐसे में तीन-चार लड़कों के साथ पकड़ होती।

इसके बाद फिर चलता दूसरा दौर। बादाम, दूध घोंटा जाता। नहा-धोकर उसे पिया जाता। इसके बाद सब अपने-अपने रास्ते चल देते।

अवधनारायण जब तक बाह में रहे, यह सिलसिला चलता रहा। एक उस्ताद होते और बाक़ी शागिर्द। सब मिलकर दूध और बादाम पीते। पी तो जाते पर दूध का बिल बड़ा तगड़ा हो जाता। घी तो घर से आ जाता, पर दूध तो बाज़ार का ही होता।

हलवाई का ये बिल हमेशा बड़े भैया भरते। बड़े भैया तब तक आत्मनिर्भर हो चुके थे। उन्होंने मिडिल पास की थी। उर्दू माध्यम से पढ़े थे। प्राइमरी स्कूल में टीचर हो गये।

प्रसाद की बहार

कहते हैं, अवधनारायण को पिता को चाचा कहने की आदत पड़ गयी थी। कारण यह था कि उनके पिता अपने भाइयों में सबसे छोटे थे और दूसरे भाइयों के बच्चे उन्हें चाचा कहकर पुकारते थे। देखा-देखी अवध जी भी पिता को चाचा ही कहने लगे।

बचपन ऐसा गुज़रा कि पिता ने कभी अवध या उनके भाई-बहनों को खिलाया हो अपनी गोद में, याद नहीं पड़ता। पिता अध्यापक थे और गाँव से क़रीब दो-चार कोस की दूरी पर खोड़ा कनेरा में पढ़ाने जाया करते थे। अनायास एक दिन पण्डित गणेश प्रसाद मुद्‌गल बन गये सब-पोस्टमास्टर। तब

कहीं उनका प्राइमरी स्कूल छूटा। पोस्टमास्टरी ऐसी लगी कि फिर घर से दूर होने के बावजूद न नौकरी ने उन्हें छोड़ा न उन्होंने नौकरी। जहाँ यह नौकरी थी वह चतुर्वेदियों का गाँव था—साल गाँव। साल गाँव में जन्माष्टमी बड़ी धूमधाम से मनायी जाती थी। चौबे परिवारों की बहू-बेटियाँ इस अवसर पर अनेक प्रकार के फलाहारों के संग मिष्ठान आदि भी मन से बनाया करती थीं। फलाहार और मिष्ठान आदि का प्रसाद पण्डित गणेश प्रसाद मुद्‌गल के घर भी भिजवाया जाता। प्रसाद इतना आता कि अवधनारायण अपने परिवार के लोगों के साथ उसे कई-कई दिन तक खाते रहते। ये तीन भाई और एक बहन थे। भाई-बहन में बहन सबसे बड़ी थी। सरबती मुद्‌गल, श्याम बिहारी मुद्‌गल, राजनारायण मुद्‌गल और सबसे छोटे थे उनमें अवधनारायण मुद्‌गल। मँझले भाई का निधन तो 16 बरस की उम्र में ही हो गया। उन्हें डबल निमोनिया हो गया था। उनकी मृत्यु के साथ ही घरवालों की वह आस टूट गयी कि अगर राजनारायण भी ठीक से पढ़-लिख प्राइमरी स्कूल की नौकरी पा जाते तो घर की माली हालत में कुछ और सुधार आ जाता।

राजनारायण भैया की असामयिक मृत्यु के साथ अवधनारायण को जीवन के एक ऐसे विकट अनुभव से गुज़रना पड़ा जिसकी कल्पना भी वो नहीं कर सकते थे। उनकी मृत्यु के समय अवध की उम्र केवल आठ बरस की थी। किन्तु राजनारायण का दाह-संस्कार उन्हें ही करना पड़ा।

खानदान तो ख़ासा बड़ा था अवधनारायण का, पर तनाव कम न थे। बड़े भाई अवध से दस बरस बड़े थे। उन्हें कोई चढ़ा दे तो बड़ी जल्दी क्रोधित हो उठते थे। किसी भी भाई को पीट बैठते थे।

एक समय की बात है, अवध जी के छोटे चाचा की बेटी की शादी थी। बारात चढ़ने का समय हो रहा था। जनवासे में बाराती सज-सँवर रहे थे। बारातियों की आवश्यकताओं का ख़याल रखने की ज़िम्मेदारी बड़े भैया के ज़िम्मे थी। अचानक एक बाराती नाराज़ होकर भैया से कहने लगे, अभी तक उनके जूते पॉलिश नहीं हुए। जाने पॉलिश करने वाला कहाँ बिला गया। कैसे तैयार हों वे? बड़े भैया बाराती की नाराज़गी का कोई हल निकालते कि इसके पूर्व अवध ने तपाक से बाराती को आड़े हाथों लिया—'काहे ऐंठ रहे हैं आप! बारात के लिए निकल रहे थे घर से, अपने जूते पॉलिश करके क्यूँ नहीं निकले।'

बड़े भैया ने आव देखा न ताव, जनवासे में ही अवध को उठाकर पटक दिया और लात-घूँसों से उनको इतना धुना कि उस रात पीठ पर उनकी अम्माँ को हल्दी तताकर लगानी पड़ गयी।

बाराती के अपमान की ऐसी सज़ा भोगनी पड़ेगी अवध को अनुमान ही नहीं था।

मगर बड़े भैया तो बड़े भैया थे। पीट दिया तो पीट दिया। अवध छोटे थे, उन्हें ख़ामोश ही रहना था। वे ख़ामोश ही रहे। मामला बाराती का था। सो गाँव घर का कोई उन्हें बचाने के लिए भी आगे नहीं आया।

पिटे तो अवध अपने पिताजी से भी ख़ूब।

'दामोदर मैमोरियल कॉलेज', होलीपुरा में पढ़ने के दौरान अवधजी प्रत्येक शनिवार को पिताजी के पास पुराकनेरा चले जाते। शनि-रवि को उनके पास रुककर सोमवार को कॉलेज लौट आते। पुराकनेरा में कई लड़कों से उनकी दोस्ती थी। इसी क्रम में एक बार जब अवध पुरा पहुँचे तो देखते क्या हैं कि पिताजी तो गाँव गये हुए हैं, अब क्या था; कोई बन्दिश ही न थी। साथ के लड़कों ने ठण्डाई और भंग भवानी का कार्यक्रम बना लिया। बादाम और अन्य चीज़ों के साथ भाँग घोटी गयी, दूध मँगाया गया। तीन-चार लड़कों ने जमकर भाँग का सेवन किया। दूसरे लड़कों की तरह अवध की रुचि भंग पीने में नहीं थी। लेकिन साथ निभाने के चक्कर में पी गये। कभी पी तो थी नहीं भाँग। नशा ऐसा चढ़ बैठा कि बेहोश हो गये। रात घिर आयी तो पिताजी गाँव से लौट आये। उन्होंने अवध को इस हालत में देखा तो हिलाया-डुलाया उठाने के लिए। पर कोई असर न हुआ। मामला समझते उन्हें देर न लगी। क्रोध में उन्होंने जूता उतारा और लगे पीटने। अवध को लग रहा था कि उस समय वे जैसे किसी विमान में उड़ान भर रहे हों। विमान में उनके चारों ओर अप्सराएँ नृत्य कर रही हों। जूता जैसे ही पीठ पर पड़ता, अवध के मुँह से निकलता—'धीरे हाँको, धचको लगत है।'

यह वह समय था जब तक अवधनारायण ने विमान तो क्या, रेलगाड़ी तक नहीं देखी थी। 'धचको लगत है' मुँह से इसलिए निकलता कि बैलगाड़ी का सफ़र ऐसे ही होता था। बहरहाल, जब ख़ूब पीट लिया तो पिता को दुख हुआ। समझ गये कि लड़के ने भंग जमकर पी ली है। इसके बाद वह चतुर्वेदियों के घर गये। वहाँ से नींबू और अचार आदि लेकर आये। अवध को खिलाया

और चटाया। पर कोई असर न हुआ। रात-भर तो छोड़िए, दूसरे दिन भी उन्हें होश न आया। तीसरे दिन जाकर आँखें खोलीं। आँख खुलते ही पिता को पास देखा तो हैरान रह गये। जाग जाने पर पता चला कि सोमवार भी ख़त्म होने को है। साथी लोग तो उसी रात छोड़-छाड़कर जा चुके थे। फँस गये अकेले अवध। तभी से तय कर लिया अब कभी जीवन में भंग न पियेंगे। यह अलग बात है उनका यह निश्चय भविष्य में हमेशा सध न सका।

इन दिनों बेसिक प्राइमरी की परीक्षा चौथी कक्षा में हुआ करती थी और मिडिल सेवेंथ अर्थात् सातवीं कक्षा में। जिन दिनों अवधनारायण सातवीं कक्षा में थे, उन्होंने संस्कृत की प्रथमा पास कर ली थी। आठवीं कक्षा में आये तो साहित्य सम्मेलन की विशारद भी उत्तीर्ण कर ली। नवीं कक्षा में वह उत्तमा में आ गये। दसवीं कक्षा में आते-आते वह उत्तमा के दूसरे भाग की परीक्षा दे रहे थे। यह उनकी अध्ययनशीलता का प्रतीक था।

इंजीनियर बनाने की चाह

दसवीं कक्षा तक तो सब ठीक चला आ रहा था किन्तु ग्यारहवीं से समस्या यह उठ खड़ी हुई कि पूरे बाह तहसील में विज्ञान की पढ़ाई की व्यवस्था ही नहीं थी। घर के बुज़ुर्गों ने ठान लिया था कि अवधनारायण को इंजीनियर बनाना है। यह कृषक परिवार की एक दिली चाहत थी। अतः फिजिक्स और कैमिस्ट्री दिलाकर उन्हें आगरा के राजपूत कॉलेज में प्रवेश दिलाया गया। रहना आगरा में ही था। खाने का इन्तज़ाम राजा मण्डी के एक अति सामान्य होटल से किया गया। घी, दूध के प्रेमी अवध के लिए घर से घी आने लगा। कुल मिलाकर ग्यारहवीं की पढ़ाई बड़े तरीक़े से शुरू हुई। तभी अवधनारायण को एक शौक़ ने अपनी गिरफ़्त में ले लिया। वह हर नयी फ़िल्म देखते और कभी-कभी तो एक ही फ़िल्म के एक के बाद एक कई शो देखते। फ़िल्मों को लेकर उनका यह शौक़ इस क़दर बढ़ गया कि ज़िन्दगी तबाही के कगार पर आ पहुँची। परिणाम यह हुआ कि छमाही परीक्षा के उपरान्त आगे की पढ़ाई के फ़ीस के पैसे सिनेमा देखने की भेंट चढ़ गये। पहले ही वर्ष का परीक्षा परिणाम रोक दिया गया। कारण कि पूरे छह महीने की फ़ीस जमा नहीं हुई थी। बाद में भी वह भरी नहीं गयी।

'ख़ुद से परेशान होकर मैंने भले ही सिनेमा न देखने का प्रण कर लिया लेकिन घर के लोगों ने मुझे फेल समझ कर घर ही बैठा लिया।'

ख़ुद अवध ने अपनी दुखद स्थिति का पीड़ा भरा खुलासा एक साक्षात्कार में किया।

व्यक्ति जब कुछ ठान लेता है तो वह स्वयं को बदलने की कोशिश करता है। बेचैन अवध घर में न बैठ सके।

बाह के एक कमरे में रहने लगे। यह उनके एक मित्र जो हिनोखेड़ा के थे, का कमरा था। मित्र स्वयं गाँव में रहते थे। अतः अपना यह कमरा उन्होंने अवध को दे दिया। अवध प्राइमरी स्कूल में पढ़ाने के इच्छुक नहीं थे अतः ट्यूशन पढ़ाने लगे। घरवालों का उन पर बराबर दबाव बना रहता कि वह नौकरी करने लगें। यही वजह थी कि उन्होंने बाह आकर रहने का मन बना लिया। बाह में रहते हुए उन्होंने अपने सिनेमा देखने के शौक़ पर तो नियन्त्रण कर लिया किन्तु कुश्ती के लिए अखाड़े जाने के शौक़ को पुनः ज़िन्दा कर लिया। दरअसल उनकी मज़बूत सुदर्शन क़द-काठी को देख उनके चाहने वाले उन्हें जब-तब इस ओर आकृष्ट करते रहते।

ट्यूशन पढ़ाने के लिए अवध किसी के घर न जाते। छात्र उन्हीं के कमरे में आकर पढ़ने लगे। अब हुआ यों कि ट्यूशन से मिले सारे के सारे पैसे कुश्ती की भेंट चढ़ जाते। कुश्ती की ख़ुराक पर अच्छा-ख़ासा पैसा ख़र्च होता। यहाँ तक कि अपने खाने-पीने के अलावा अवध दोस्तों के भोजन का ज़िम्मा भी ख़ुद उठाते।

तभी साथियों ने उत्साहपूर्वक तय किया। हफ़्ते भर बाद बटेसर का मेला लगने वाला है। सब मेला घूमने चलेंगे। मेले में जाना अवध को बचपन से ही प्रिय था। बैलगाड़ियों में भरकर जब गाँव की औरतें मेला देखने जातीं तो अवध भी उनमें से किसी बैलगाड़ी में घुसकर बैठ जाते। बाबा से उन्हें पैसे मिल जाते। अपने घर में तो बैलगाड़ी थी नहीं।

होलीपुरा में भी यही हाल था। अवध होस्टल की ऊपरी मंज़िल पर रहते थे। वार्डन थे विज्ञान के आध्यापक। जब वह सो जाते तो कई अन्य सहपाठियों के साथ अवध छत से कूद जाते। कूदने के लिए छत से बाक़ायदा एक रस्सी बाँधी जाती। वही रस्सी तड़के अपने-अपने कमरों में पहुँचाने में भी सहायक

होती। बटेसर का मेला कई दिनों तक चलता रहता। रात में मेला अपने शबाब पर होता।

बटेसर के मेले में जाने का साथियों के लिए एक और आर्कषण था। वहाँ टूरिंग टाकीज़ फ़िल्में लेकर आते थे।

यह वो दिन थे जब बाह में एक भी सिनेमाघर नहीं था।

मेले में पहुँचकर उनके फ़िल्म न देखने का प्रण टूट गया। अवध के ना-नुकुर का अवध के साथियों पर कोई असर न हुआ।

बाह में साथियों के संग उनकी अड्डेबाज़ी देख घरवाले फिर से परेशान हो गये—यह लड़का पढ़ाई तो करने से रहा। क्यों न इसे खेतीबारी में ही लगा दिया जाये! तंग होकर बड़े भैया उन्हें घेर-घार बाह से गाँव वापस ले आये। मजबूरन अवध को खेती सम्बन्धी सारे काम करने पड़े। हल चलाते, बुआई करते, कटाई में हाथ बँटाते, अनाज ढोने का काम करते किन्तु मन उनका इन कामों में बिल्कुल न लगता। पश्चात्ताप में मन ऊभ-चूभ होता रहता। व्यर्थ की भटकन में क्यों गँवाये दिन। ऐसे में एक दिन अवधनारायण ने दृढ़ निश्चय किया—बीत गयी सो बीत गयी। छूटी पढ़ाई पूरी करके रहूँगा।

उनका यह निश्चय सुनते ही घर के लोग नाराज़ हो गये। फिर वही जबरई शुरू हो गयी। उन्होंने अवध को एक कमरे में बन्द कर दिया। बेटे को बन्द देख माँ बहुत दुखी होतीं। लेकिन दरवाज़ा कमरे का सिर्फ़ शाम को खुलता। नित्यकर्म की आवश्यकताओं को छोड़कर।

एक दिन शाम को खेतों में पाखाने जाने के बहाने अवध ने घर छोड़ दिया।

घर तो छोड़ दिया, पर जेब में थे सिर्फ़ आठ आने। पैरों में थीं रबड़ सोल वाली चप्पलें।

यह आठ बजे का समय था। खाना खाया नहीं था। सीधे जा पहुँचे बस स्टैंड। इटावा के लिए बस जाने का समय और किराया पता किया। आख़िरी बस जा चुकी थी। न भी गयी होती तो किराया आठ आने से अधिक था।

निश्चय कर लिया कि अब पैदल ही चला जाये।

इटावा पहुँचकर ही कुछ देखा जाये। रुकना ख़तरनाक था। ढुँढ़वइए ढूँढ़ने निकल पड़े होंगे। भूख का क्या है। जितना उसके बारे में सोचो, वह विकराल होने लगती है।

प्रस्थान-1

अवधनारायण जानते थे, रास्ते में चम्बल घाटी का इलाक़ा पड़ता है और जेब में हैं केवल आठ आने। उनकी उँगलियों ने जेब में पड़ी अठन्नी को छुआ। महसूस हुआ जेब में अठन्नी अकेली नहीं है। अठन्नियों से उनकी जेब भरी हुई है। तो फिर डरना कैसा। बीस मील का तो कुल सफ़र ही है। चल ही दिये तो फिर सवेरा होने पर इटावा पहुँच गये। क्या मजाल रास्ते में कहीं रुकने की सोची भी हो!

खुद अवधनारायण जी के शब्दों में–'इटावा जहाँ से शुरू होता है वहीं एक बड़ा-सा मन्दिर है। उस मन्दिर में मैं रुका। जमुना जी के किनारे जाकर मैंने नित्य क्रियाएँ कीं। जमुना जी में स्नान किया और लँगोट को धोकर झाड़ियों पर सुखा दिया। कुछ देर वहीं बैठा रहा। धूप बढ़ने लगी और लँगोट थोड़ा सूख गया तो उसे उठाकर कुर्ते की जेब में रख लिया। खाने का कोई साधन नहीं था। मैं मन्दिर में आ गया। आरती शुरू हुई तो घण्टी बजने लगी। आरती के बाद पुजारी ने सबको प्रसाद दिया। मैं प्रसाद खाकर बैठा रहा। मन्दिर का दरवाज़ा बन्द हो गया। अब पुजारी शाम को आने वाले थे। शाम के समय मन्दिर का दरवाज़ा खुला। पुजारी ने मुझे एक नज़र देखा। फिर पूजा की और मेरे पास आये। मेरा हाल पूछा। पूछा कि मैं कौन हूँ और कहाँ से आया हूँ। किस जाति का हूँ? मैंने उन्हें सब बता दिया। बताया कि मैं पढ़ने के लिए बनारस जाना चाहता हूँ।

पुजारी यह सब सुनकर हैरान रह गया। पैसे तो पास में हैं नहीं, फिर बनारस कैसे जायेंगे! माना कि चलो संस्कृत की पढ़ाई मुफ़्त में भी हो जायेगी, किन्तु रहने और खाने-पीने के ख़र्च का क्या होगा! बनारस छोटा शहर तो है नहीं! ऊपर से उस शहर में कोई जानकार भी नहीं है।

पुजारी ने पूछा–'ये बतायें कि आप क्या कुछ कर सकते हैं? क्या करना चाहते हैं? कितने पढ़े-लिखे हैं?'

अवधनारायण ने बताया–'संस्कृत में प्रथमा हूँ और हिन्दी की उत्तमा अर्थात् साहित्यरत्न। भागवत का सप्ताह पढ़ सकता हूँ।'

'कभी पढ़ा है?'

'हाँ, एक बार।' करहल के पास एक यादव परिवार में सप्ताह करवाया था। करहल में मेरे जीजा रहते हैं—रामगोपाल विधौलिया। मेरी बड़ी बहन हैं। जीजा जी के गुरु हैं परमानन्द सरस्वती। स्वामी जी कानपुर में रहते हैं। उन दिनों वे करहल आये हुए थे। यादव परिवार ने स्वामी जी से निवेदन किया वे अपने घर भागवत का सप्ताह करवाना चाहते हैं। किसी पण्डित का पता बता दें। मैं स्वामी जी के पास ही बैठा हुआ था। वह मुझे देखकर मुस्कुराये और बोले—'पण्डित जी तो आपके पास ही बैठे हुए हैं। इन्हीं से करा लीजिए!' यादव परिवार प्रसन्न हो गया। तिथि आदि बता दी। दो-एक दिन पहले ही आ जाने को कहा।

बतायी गयी तिथि से दो दिन पहले ही मैं और स्वामी जी उनके गाँव पहुँच गये।

वहाँ भागवत का सप्ताह किया।

गीता प्रेस गोरखपुर की श्रीमद्भागवत मेरे पास थी ही। मैंने कई बार भागवत सुन रखी थी। सप्ताह करने में मुझे कोई दिक्क़त नहीं हुई। (महेश दर्पण को दिये गये साक्षात्कार से उद्धृत)।

यह सुनकर पुजारी चले गये।

शाम को आरती के बाद फिर प्रसाद वितरण हुआ।

इस बार पुजारी ने अवध को प्रसाद कुछ अधिक दिया। फल भी ज़्यादा दिये। इसके बाद मन्दिर में ही उन्हें सोने की इजाज़त भी मिल गयी। दूसरे दिन पुजारी ने एक स्थानीय वकील दीक्षित जी के यहाँ भागवत सप्ताह करने के लिए कहा। उन्होंने अपने थैले में रखी श्रीमद्भागवत की प्रति निकालकर अवध को दी। धोती, कुर्ता भी दिया। आश्वस्त किया कि दीक्षित जी के यहाँ सप्ताह सुनने के लिए जो औरतें आयेंगी उनके यहाँ भोजन का इन्तज़ाम भी हो जायेगा।

अवधनारायण को क्या चाहिए था! वह तो एक बार का भोजन मिल जाने पर ही सन्तुष्ट थे।

दूसरे दिन भागवत सप्ताह प्रारम्भ हो गया। दीक्षित जी ने भी उन्हें भागवत पढ़ने के लिए रेशमी धोती-कुर्ता दिया।

चौकी पर बैठने के पूर्व महिलाओं, पुरुषों ने उनके दिव्य स्वरूप को देख श्रद्धा से उनके चरण-स्पर्श किये।

सप्ताह-भर पाठ हुआ। ख़ूब चढ़ावा चढ़ा। ख़ासे कपड़े और पैसे एकत्र हो गये। दीक्षित जी ने सोने की बालियाँ भी दीं। चाँदी का कुछ सामान भी चढ़ाया गया था। वहाँ से पहले अवध ने करहल में रह रहीं अपनी बहन से मिलने की इजाज़त माँगी फिर पुजारी का आशीर्वाद लेकर बनारस जाने का मन बनाकर चल दिये। लेकिन बनारस जाना तब क़िस्मत में न था। जीजा जी ने सलाह दी, कहा कि तुम कानपुर चले जाओ। कानपुर में किसी विद्यालय में स्वामी जी तुम्हारी पढ़ाई की निःशुल्क व्यवस्था करवा देंगे। वह चाहेंगे तो तुम्हें बनारस भी भिजवा सकते हैं।

चढ़ावे का सामान बहन को सौंप कानपुर स्टेशन उतरकर अवधनारायण बिहारी जी के मन्दिर जा पहुँचे। वहाँ तीन कमरे थे। रहने की व्यवस्था हो गयी। स्वामी जी के पूछने पर अवध ने अब तक घटी समूची दास्तान उन्हें सुना डाली।

स्वामी जी ने न सिर्फ़ अवधनारायण की बातें ध्यान से सुनीं, उन्होंने दूसरे ही दिन जानकारी लेने के बाद बताया कि कानपुर में कल्लूराम महाविद्यालय और बलदेव सहाय संस्कृत महाविद्यालय हैं। उन्होंने बलदेव सहाय संस्कृत महाविद्यालय में हरसम्भव सहायता कर प्रवेश दिलाने का आश्वासन भी दिया। अपने एक शिष्य को वहाँ भेज उन्होंने सारी सूचनाएँ एकत्र कर लीं। जब सब ठीक हो गया तो उन्होंने अपने एक शिष्य के साथ अवध को विद्यालय भेजा। गुरुजी से अवध ने सम्पूर्ण मध्यमा करने की इच्छा ज़ाहिर की। गुरुजी ने समझाया कि इतने साल संस्कृत छोड़े हो गये, इसलिए वह कर पाना आसान नहीं होगा। पर अवध तो अपनी ज़िद के पक्के थे। यह देख गुरुजी तैयार हो गये। लेकिन उन्होंने एक शर्त रख दी। शर्त यह थी कि कल से मैं तुम्हें 'रघुवंश' पढ़ाना आरम्भ करता हूँ। 'रघुवंश', सप्ताह-भर में पूरा हो जायेगा। इसके बाद होगी परीक्षा। यदि इस परीक्षा में पास हो गये तो सम्पूर्ण मध्यमा में वह प्रवेश ले सकते हैं।

जो कहा था, सो प्रारम्भ हो गया।

दूसरे ही दिन से गुरुजी ने 'रघुवंश' पढ़ाना शुरू कर दिया। सप्ताहान्त तक 'रघुवंश' सम्पन्न हो गया। आठवें दिन गुरुजी ने परीक्षा ली। अवधनारायण की स्मृति विलक्षण थी। गुरुजी द्वारा समझाये गये शब्दों में ही उन्होंने उत्तर दे दिये। गुरुजी विस्मित हुए और परम प्रसन्न। कहा—तुम अवश्य करोगे सम्पूर्ण

मध्यमा। मैं पढ़ाऊँगा तुम्हें। छात्रावास में भी तुम्हें रहने की जगह मिल जायेगी। पुस्तकें भी उपलब्ध हो जायेंगी। जब तक तुम्हारे खाने-पीने की व्यवस्था नहीं हो जाती, स्वामी जी सँभाल लेंगे।

बहुत शीघ्र अवध को एक चटाई, एक चद्दर, एक दरी मिल गयी। गर्मियों के दिनों के लिए इतना सब पर्याप्त था।

साथ ही दिया गया एक चूल्हा। जिस पर उन्हें स्वयं ही स्वयं के लिए भोजन बनाना था। दाल, आटा, सब्ज़ी की व्यवस्था स्वामी जी ने करा दी। घी तक भिजवा दिया। अब अवध को बस मन लगाकर पढ़ाई करनी थी। फ़ार्म भरकर भेजा जा चुका था। अवधनारायण को मध्यमा के चारों खण्ड एक साथ करने थे। पूरे इक्कीस पत्र। माध्यम केवल संस्कृत। अवध ने सारी परीक्षाएँ स्तरीय अंकों में उत्तीर्ण कीं। मध्यमा की परीक्षा अन्ततः द्वितीय श्रेणी में उत्तीर्ण कर गये। गुरु जी भी प्रसन्न और शिष्य भी।

'अब क्या शास्त्री करना है?' प्रश्न आया।

उत्तर अवध का था—'हाँ।'

साहित्य से शास्त्री करना तय हो गया।

नये विषय की पुस्तकों की व्यवस्था हो गयी।

यह ग्रीष्मावकाश के दिन थे।

एक दिन देखते क्या हैं कि अवध के पिता विद्यालय आकर गुरु जी से मिल रहे हैं।

गुरुजी ने खिन्न मन से अवध से कहा कि तुम घर क्यों नहीं जाते हो? तुम्हारे पिता आये हैं। तुम्हें घर तो अवश्य जाना चाहिए।

गुरुजी की बात शान्त मन से सुनकर अवध पिता के साथ घर जाने को इसी शर्त पर राज़ी हुए कि जब वे विद्यालय आना चाहें, घर की तरफ़ से कोई रोक-टोक न हो। 'मुझे हर हाल में अपनी पढ़ाई पूरी करनी है।' उनका साफ़ वाक्य था।

अवध शास्त्री पूरे मन से एकाग्रचित्त हो करना चाहते थे।

पिता उस वक़्त तैयार हो गये थे। किन्तु घर से वापस भेजने का उनका मन नहीं था। वह अवध के विद्यालय के जीवन स्तर से सन्तुष्ट न थे। उन्हें वह बहुत सामान्य लग रहा था। या ऐसा वह ऊपरी तौर पर ज़ाहिर कर रहे थे। यह तो वही जानें।

बहरहाल, अवधनारायण पिता के साथ कानपुर से इटावा और इटावा से बाह आ गये। गाँव अब क़रीब ही था।

गाँव क्या पहुँचे, देखते ही अम्माँ रोने लगीं।

परिवार के सभी सदस्य बड़े प्यार से मिले।

चाचा, अर्थात् पिता से अवध ने साफ़ कह दिया कि वह दस दिन से ज़्यादा गाँव में न रुकेंगे।

पिता कुछ दिन के लिए कनेर चले गये। सप्ताह-भर बाद ही लौटे, तो फिर उन्होंने अवध को जबरन एक कमरे में बन्द कर दिया। बाहर से ताला भी लगा दिया। अवध छुटकारा पाने की तरकीब सोचने लगे। कुछ देर बाद वह कमरे के भीतर से चीख़े—'अम्माँ, साँप आ गया...'

अवध की चीख़ सुनकर अम्माँ ने ताला खोल दिया—'कहाँ है साँप?'

अवध ने संजीदगी ओढ़कर छत की ओर इशारा किया—'यहीं छत की चीरन में ते मैंने देखो है...अभै निकर गया...।'

इसी नाटकीय क्रम में अवध अम्माँ के साथ कमरे से बाहर आ गये। उन्हें खिलाया-पिलाया गया।

कुछ देर बाद अवध ने बाहर के दरवाज़े तक जाने की छूट भी ले ली। पिता तब तक पूरा जा चुके थे।

पिता की अनुपस्थिति से अवधनारायण को ऐसा बल मिला कि बाह से यथाशीघ्र जो बस हाथ लगी, उसी से वह इटावा के लिए निकल पड़े। इटावा पहुँचते ही कानपुर के लिए बस पकड़ ली। कानपुर पहुँचकर सबसे पहले स्वामी जी से मिले। सारी कटु स्थितियों से उन्हें अवगत कराया। उनसे भेंट करने के बाद विद्यालय पहुँचकर गुरुजी से सारी दास्तान कह सुनायी। गुरुजी ख़ामोश रहे। किन्तु वह अवध के घरवालों के बर्ताव से क़तई खुश न थे। पिता के व्यवहार से तो वह अत्यधिक खिन्न नज़र आये। जिसका पुत्र पढ़ाई में इतना मेधावी है वह पिता उसकी पढ़ाई के प्रति इस क़दर उदासीन क्यों है? पढ़ाई के ख़र्चों का दबाव भी उनके ऊपर नहीं है। स्वामी जी दायित्व उठाने को सहर्ष तैयार हैं।

अवधनारायण पहले की भाँति विद्यालय में रहने लगे। पढ़ाई ज़ोरों पर चल निकली। अवध की लगन से गुरुजी चमत्कृत थे। 'शास्त्री' के दोनों खण्डों की परीक्षा हुई। परीक्षा परिणाम आया। अवध 'शास्त्री' हो गये संस्कृत में।

'शास्त्री' के दूसरे वर्ष में ही अवध ने इंटरमीडिएट का फ़ॉर्म भी भर दिया था। साथ ही दो ट्यूशन मिल गये। संस्कृत और हिन्दी किसी महिला को पढ़ानी थी, जो पंजाब से मध्यमा की परीक्षा देने की इच्छुक थीं। महिला परीक्षा देकर अपने रास्ते गयी और अवध अपनी परीक्षाओं में द्वितीय श्रेणी से उत्तीर्ण हो गये। कुछेक नम्बरों से वे प्रथम श्रेणी पाने से वंचित रहे।

परीक्षाफल देखकर गुरुजी ख़ुश हुए।

'अब क्या करना चाहते हो?' गुरुजी ने पूछा।

'मैं आचार्य नहीं करूँगा। इतनी संस्कृत मेरे लिए पर्याप्त है।' अवध का उत्तर था।

अवधनारायण वास्तव में लखनऊ जाकर बी.ए. करना चाहते थे।

गुरुजी को लगा कि इसके लिए कानपुर क्या बुरा है। ख़ुद उनके एक भाई कानपुर में समाजशास्त्र के प्रोफ़ेसर थे। लेकिन अवधनारायण को तो लखनऊ विश्वविद्यालय में पढ़ने की धुन सवार थी। इस सन्दर्भ में वह शरद नागर नाम के अपने मित्र और अमृतलाल नागर जी के सुपुत्र से बात भी कर चुके थे। शरद जी ने अपने बाबू और बा से बात भी कर ली थी।

कोई सोच सकता है और यह स्वाभाविक भी है कि अनायास ये शरद नागर का सन्दर्भ कहाँ से आ निकला।

सच बात यह है कि हिन्दी के मूर्धन्य उपन्यासकार अमृतलाल नागर जी का छोटा बेटा शरद अवध का हमउम्र और सहपाठी था। वह अवध का क़रीबी मित्र भी था। आगरा के गोकुलपुरा में अमृतलाल नागर जी की ससुराल थी। अवध का निवास गोकुलपुरा में शरद के घर के पास ही था।

इस समय के, अपने जिन चार मित्रों का ज़िक्र अवध करते थे, उनमें शरद के अतिरिक्त रामजीदास गुप्त, डॉ. रामविलास शर्मा का पुत्र विजय और मदनलाल गुप्त थे। मदनलाल गुप्त के साथ तो अवध रहते ही थे। शेष तीन मित्र भी सहपाठी होने के कारण शरद की नानी के घर पर ही पढ़ा करते थे। कहने का अभिप्राय यह है कि अमृतलाल नागर जी से अवध के सम्बन्ध सन् 1953 से ही थे। यह सम्बन्ध भी ऊपरी नहीं, गहरे पारिवारिक थे।

बहरहाल उनके पुत्र-पुत्रियों की भाँति अमृतलाल नागर जी को अवध भी बाबूजी कहकर ही पुकारते थे।

बहुत जल्द अमृतलाल नागर जी का पत्र मिला अवध को कि तुम निसाखातिर रहो, सब इन्तज़ाम हो जायेगा। हो गया है। फ़ौरन लखनऊ चले आओ। शरद भी चाहते थे कि अवध लखनऊ आकर पढ़ाई करें। अब साहस करके अवधनारायण ने गुरुजी से बात की कि लखनऊ में सारी व्यवस्था हो रही है। गुरुजी ख़ुश हुए, 'जाओ, ईश्वर तुम्हें सफल करें।'

गुरुजी के बाद अवध ने स्वामी जी का आशीर्वाद लिया और लखनऊ के लिए चल दिये।

लखनऊ पहुँचे तो नागर जी ने दो लड़कियों के ट्यूशन का काम दिला दिया। साथ ही आत्मीय मित्र के परिचय का लाभ उठाते हुए एक विद्यालय का एक कमरा खुलवाकर अवध के रहने की व्यवस्था करवा दी। विद्यालय में काम करने वाली एक वृद्धा शान्ति रस्तोगी को ज़िम्मेदारी सौंप दी कि वे अपने परिवार के भोजन के साथ उनका भोजन भी बना दिया करें। बा और बाबूजी ने (नागरजी और श्रीमती नागर) शान्ति से पहले ही कह दिया था कि लड़के को तकलीफ़ न होने पाये। बस, वह वृद्धा लखनऊ में अवध की अम्माँ हो गयीं। शान्ति के दो बच्चों को भी अवध पढ़ने-लिखने में मदद कर दिया करते। पूरी कोशिश करते कि उनका परिवार किसी प्रकार के आर्थिक संकट से न गुज़रे।

अवधनारायण ने बी.ए. टेक्नोलॉजी, हिन्दी, सोशल साइंस और जनरल इंग्लिश से किया।

इसके बाद प्रवेश लिया एम.ए. में। एम.ए. में आते ही अवध के परिचय का दायरा बढ़ने लगा।

ट्यूशन भी दिनोदिन बढ़ते जा रहे थे। कुछ ट्यूशनों के लिए उन्हें बहुत दूर जाना पड़ता था। अट्ठारह-बीस मील दूर। कुछ रोज़ तो किसी परिचित की साइकिल उधार लेकर आना-जाना करते रहे। फिर बड़े भैया ने उन्हें एक साइकिल दिला दी। कुछ और ज़रूरी चीज़ों की व्यवस्था भी कर दी। लेकिन कुछ दिन बाद ही उनकी साइकिल चोरी चली गयी। मजबूरन दूर के ट्यूशन अच्छे पैसों के बावजूद छोड़ने पड़े। तय कर लिया कि अब अपने पैसों से ही नयी साइकिल ख़रीदेंगे।

दूर के ट्यूशन छोड़े तो अवध ने एक सज्जन की पीएच.डी. के नोट्स तैयार करने का काम पकड़ लिया। उन्हें इस काम के बदले साठ रुपये मिला

करते थे। सर्दियाँ आयीं तो जिनके नोट्स बना रहे थे उन्होंने अपना एक पुराना कोट पहना दिया। पूरी बाँह का इकलौता स्वेटर चिल्ला जाड़ा झेल पाने में असमर्थ था। कोट ख़ास ढीला था। जिसे उन्होंने दर्ज़ी से खुलवाकर अपने नाप का करवा लिया।

यह अवधनारायण के जीवन का पहला कोट था। बन्द गले वाला। मित्रों ने तारीफ़ की। जँच रहा है तुम पर।

इसी बीच अवध का परिचय 'कंचना' रेस्टोरेंट के मालिक पण्डित रामनारायण शुक्ल से हुआ। उनके साथ ही हिन्द फ़ोटोग्राफ़्स के मालिक रमेश गुप्त भी परिचय में आये। यह वह समय था जब अवध कविताएँ अच्छी तादाद में लिख चुके थे। 'कंचना' ग्रुप के लोगों को उनकी कविताएँ पसन्द भी आती थीं। 'कंचना' से अवध को हास्य-व्यंग्य की कविताएँ लिखने की प्रेरणा मिली। 'कंचना' के मित्रों में से विष्णु त्रिपाठी और दिवाकर तो कवि सम्मेलनों में भी जाया करते थे।

दिवाकर जी की संस्तुति पर अवध भी कुछ कवि सम्मेलनों में रचनापाठ कर आये। वहीं एक मित्र बने राजा। राजा यानी बीर राजा। बीर राजा का हज़रतगंज में एक बंटूश रेस्टोरेंट भी था। यहाँ से परिचय प्रगाढ़ता में बदलता चला गया।

साहित्यिक संस्कार अवध को अपने परिवार से नहीं मिले। उनके परिवार में तब साहित्य से नाता रखने वाला दूर-दूर तक नहीं था। यह संस्कार उन्हें बाहर के परिवेश से मिला। हालाँकि कविताएँ पढ़ने का शौक़ अवध को प्रारम्भ से था। उनके लेखन की शुरुआत कविता से ही हुई। बाह जैसे क़स्बे में उस वक़्त रामगोपाल शर्मा जैसे बड़े कवि हुए। अवध के प्रेरणास्रोत भी वही रहे। लखनऊ पहुँचकर उनका साहित्यकार स्वरूप विकसित हुआ।

सन् 1958 से सन् 1960 तक वह नागर जी के सहयोगी रहे।

उन दिनों सर्वेश्वर दयाल सक्सेना रेडियो में थे। प्रोग्राम प्रायः वही तैयार करते थे। सर्वेश्वर जी से पहले कॉफ़ी हाउस में परिचय हुआ अवध का ठाकुर प्रसाद सिंह से। वह हिन्दी समिति के सचिव थे। लखनऊ विश्वविद्यालय के हिन्दी के विभागाध्यक्ष थे—डॉ. तेजी गुप्त। हिन्दी समिति में किताबों का प्रकाशन होता था। उसके सम्पादक मण्डल में ठाकुर प्रसाद सिंह ने अवधनारायण को भी रख लिया। वहीं मित्र अधीर भी जा पहुँचे। यह एक तरह से अवधनारायण की पहली नौकरी थी। आर्थिक पक्ष मज़बूत हुआ। हर महीने बँधे-बँधाये पैसे

आने लगे। अवध का पता बदल गया। अब वह हज़रतगंज के निवासी मित्र कवि कमलेश के साथ रहने लगे। एक ही कमरे में दोनों मित्र रहते। कमरे का किराया दोनों मिलकर देते। सर्वेश्वर जी कभी-कभार उन्हें रेडियो पर काव्यपाठ के लिए बुलवा लेते।

शिव वर्मा और यशपाल से परिचय

उन्हीं दिनों की बात है कि अवधनारायण का परिचय शिव वर्मा से हुआ। कैसर बाग़ से एक अख़बार निकलता था। शिव जी ने कहा—'तुम हिन्दी समिति छोड़ो और यहीं आ जाओ।'

हिन्दी समिति में तनख़्वाह अच्छी थी। आर्थिक स्थिरता थी। किन्तु काम से अवध को सन्तुष्टि नहीं थी। ठहरा हुआ-सा काम था। कोई वैचारिक उत्तेजना नहीं थी। बस अवध ने वहाँ ज्वाइन कर लिया और अख़बार में उप-सम्पादक हो गये। सन् 1961 का यह वर्ष 'जनयुग' में बीता। सब ठीक चलने लगा। अपने काम से अवध सन्तुष्ट थे कि संयोग से उन्हीं दिनों हिन्दी के यशस्वी कथाकार यशपाल को मोतियाबिन्द हो गया। उन्हें लिखने-पढ़ने में दिक़्क़त होने लगी। शिव वर्मा यशपाल जी के घनिष्ठ थे। उनके साथ काम कर चुके थे।

एक रोज़ अनायास बातों ही बातों में शिव वर्मा बोले—'मुद्‌गल, ये काम छोड़ो। यशपाल जी को एक सहायक की जरूरत है। वहाँ चले जाओ। यहाँ तो मैं हूँ ही, जब चाहो तुम लौटकर आ सकते हो।'

दरअसल, शिव वर्मा यशपाल जी से अवधनारायण के सन्दर्भ में बात पहले ही कर चुके थे। वहीं रहना और खाना भी तय हो गया था। ऊपर से 100 रुपये मासिक पारिश्रमिक भी। हालाँकि अख़बार की नौकरी अवध छोड़ना नहीं चाहते थे। मगर वे शिव वर्मा जी के आग्रह को मना नहीं कर सकते थे।

अब अवध यशपाल जी के घर पर ही रहने लगे। काम था—उन्हें किताबें पढ़कर सुनाना और उनका डिक्टेशन लेना। जो भी पत्र आते, उन्हें अवध यशपाल जी को पढ़कर सुनाते और फिर आवश्यकतानुसार उनके उत्तर लिखते।

कुछ काम यशपाल जी के प्रेस का भी रहता था। प्रूफ़ आ गये तो उन्हें पढ़कर सुना दिया। करेक्शन कर दिया और फिर उसे छपने भेज दिया। अवध को यशपाल जी ने एक उपन्यास भी बोलकर लिखवाया। बारह घण्टे तक

यशपाल बोलते रहे और अवध लिखते रहे। शीर्षक भी उपन्यास का 'बारह घण्टे' ही रखा गया। लिख लेने के पश्चात् उन्होंने वह यशपाल जी को पढ़कर भी सुनाया। सुनते हुए यशपाल जी ने ज़रूरत की जगहों पर करेक्शन भी करवाये। यह अवध के लिए एक नया अनुभव ही था।

यशपाल जी के घर के पास एक मौलाना रहते थे। उनके घर बीर राजा, श्रीलाल शुक्ल, कुँवर नारायण से मिलना हुआ। बीर राजा से उनकी पहले से मित्रता थी। श्रीलाल जी और कुँवर नारायण से भी ख़ासी घनिष्ठता हो गयी।

यशपाल जी के साथ अवध 1960 से 1963 तक ही रह सके।

यह वह समय था जब 'विप्लव' बन्द हो चुका था और प्रेस चल रहा था। वहाँ सोवियत संघ से आयी कुछ ट्रेडिल मशीनें थीं और काम हैंड कम्पोज़िंग के ज़रिये होता था। अवध बताते थे कि प्रेस का सारा काम यशपाल जी की पत्नी प्रकाशवती जी करती थीं।

लखनऊ का उन दिनों साहित्यिक माहौल बहुत उन्नत था। यह अवध के जीवन का स्वर्णकाल था। 'कंचना', 'बंटूश' के अतिरिक्त साहित्यिक गोष्ठियाँ कुँवर नारायण और मुद्राराक्षस के घर पर होती थीं। मंचीय लोग 'कंचना' में एकत्र होते और शुद्ध साहित्यिक लोग हज़रतगंज के कॉफ़ी हाउस में। साहित्यिक विचार-विमर्श में साहित्यिक मुद्दों पर गम्भीरता से खुलकर चर्चा होती। जिसकी प्रतिध्वनियाँ इलाहाबाद, दिल्ली आदि की लेखक जमातों को आलोड़ित किये रहतीं।

प्रस्थान-2 : लखनऊ से मुम्बई

लखनऊ में 'स्वतन्त्र भारत', हिन्दी दैनिक में बतौर फ़ीचर लेखक 1962 में और फिर दो वर्ष हिन्दी समिति में काम करने के बाद अवधनारायण ने मुम्बई का रुख़ ज़रूर कर लिया किन्तु इससे पूर्व ही देश की सभी प्रतिष्ठित पत्रिकाओं में उनकी रचनाएँ निरन्तर प्रकाशित हो रही थीं। वाराणसी से शास्त्री, साहित्य सम्मेलन प्रयाग से साहित्यरत्न, लखनऊ विश्वविद्यालय से सोशल एंथ्रोपोलॉजी व सोशल वर्क में बी.ए. और यहीं से सोशल एंथ्रोपोलॉजी में एम.ए. कर चुके अवध हिन्दी, संस्कृत व अंग्रेज़ी के अच्छे जानकार बन गये थे।

इसी समय 'टाइम्स ऑफ़ इंडिया' ग्रुप की कथा-पत्रिका 'सारिका' में उप-सम्पादक की जगह खाली हुई।

'सारिका' में यह चन्द्रगुप्त विद्यालंकार के सम्पादन का काल था। संयोग से विद्यालंकार जी का लखनऊ आना हुआ। वह यशपाल जी के घर भी गये। यशपाल जी के साथ ही अमृतलाल नागर जी ने विद्यालंकार जी से अवधनारायण का परिचय कराया। उनकी प्रखरता और परिश्रम की चर्चा की। यह एक तरह से सिफ़ारिश भी थी। बस फिर क्या था। अवध से आवेदन करने के लिए कह दिया गया। आवेदन कर दिया तो मुम्बई 'टाइम्स ऑफ़ इंडिया' से कॉल लेटर आ पहुँचा। आलम बाग़ में रह रहे अपने गीतकार मित्र रामबहादुर सिंह भदौरिया के घर से चादर-तकिया लेकर कुछेक कपड़ों के साथ उन्होंने मुम्बई का टिकट कटा लिया। यशपाल जी के घर पर तो उन्हें सभी सुविधाएँ मिली हुई थीं। इंटरव्यू के लिए उन्हें फ़रवरी 1964 के प्रथम सप्ताह में पहुँचना अनिवार्य था। अवध नियत दिन से दो रोज़ पहले ही मुम्बई जा पहुँचे। मुम्बई उनके लिए सपनों का बड़ा शहर था। लेकिन उस महानगर में उनका कोई परिचित भी नहीं था। हाँ, तब तक अवध की एक कहानी 'और कुत्ता मान गया' ज़रूर 'धर्मयुग' में छप चुकी थी। इसी वजह से धर्मवीर भारती जी से थोड़ा-बहुत परिचय था। भारती जी जब लखनऊ आये थे तभी सर्वेश्वर जी ने उनसे अवध का परिचय करा दिया था। दिक्क़त सामने यह थी कि मुम्बई में ठहरें कहाँ!

जब कोई चारा न नज़र आया तो एक रात तो उन्होंने बोरी बन्दर स्टेशन पर बेंच पर सोकर गुज़ारी! दूसरे दिन रेलवे स्टेशन पर वेटिंग रूम में रहने का प्रबन्ध कर लिया। इंटरव्यू अभी दो दिन बाद होना था। राहत इस बात से थी, टाइम्स ऑफ़ इंडिया के जिस कार्यालय में इंटरव्यू होना था वह बोरी बन्दर स्टेशन के ठीक सामने था।

इंटरव्यू वाले दिन 'टाइम्स ऑफ़ इंडिया' पहुँचने पर पता चला कि पहले लिखित टेस्ट होगा। फिर पेपर चेक होने के दो-तीन दिन बाद ही इंटरव्यू सम्भव होगा।

बहरहाल, तीन घण्टे की लिखित परीक्षा हुई। अवध लिखित परीक्षा में प्रथम स्थान पर रहे। मौखिक इंटरव्यू में भी उन्होंने प्रथम स्थान पाया। नतीजा घोषित हुआ। अवध 'सारिका' के उप-सम्पादक के रूप में चुन लिए गये।

उप-सम्पादक के रूप में चुन लिए जाने के बावजूद उन्हें नियुक्ति-पत्र प्राप्त करने में कई दिन लग गये।

ऐसे में 'टाइम्स ऑफ़ इंडिया' से मिला द्वितीय श्रेणी का किराया ख़ूब काम आया। तनख़्वाह उतनी ही मिलनी थी जितनी प्रबन्धन ने तय कर रखी थी। अवध की इच्छा कुछ अधिक की थी। मुम्बई जैसे महानगर में रहना-खाना आसान नहीं था। किन्तु विद्यालंकार जी के समझाने-मनाने पर उन्होंने प्रबन्धन की शर्तें मान 'सारिका' ज्वाइन कर ली। जो नियुक्ति-पत्र उनके हाथ आया वह दरअसल प्रोबेशन पीरियड (तीन महीने) का था। प्रोबेशन पीरियड के उपरान्त ही असली अपॉइंटमेंट लेटर मिलना था।

अनजान मुम्बई में एक नये आदमी को रहने की जगह मिल पाना कोई आसान काम तो था नहीं। लेकिन 'माधुरी' में कार्यरत विनोद तिवारी ने इस दिशा में उनकी सहायता की। वह उन्हें स्वयं अपने साथ निकट स्थित मस्जिद-बन्दर के 'सागर विहार' होटल ले गये; जहाँ वह स्वयं रहते थे। 'सागर विहार' होटल के मालिक गुप्ता जी ने कहा दो लोगों के कमरे में जगह मिल सकती है फ़िलहाल। अवध को क्या चाहिए था! चारपाई के पास खिड़की। खिड़की से दिखता समुद्र। एक मेज़-कुर्सी। एक स्टूल। साठ रुपये में पूरा इन्तज़ाम हो गया। कार्यालय की दूरी इतनी कि पैदल निकल लें तो बीस मिनट के भीतर पहुँचा जा सकता था। पैदल चलने की अवध को ख़ूब आदत थी।

समय ने साथ दिया। तीन महीने के बाद पक्का नियुक्ति-पत्र अवध के हाथ में था। स्थायित्व की राहत से भर उठा उनका मन। यह बड़ी नौकरी थी उनके जीवन की। पत्रकारिता की दुनिया के सबसे बड़े संस्थान में। लखनऊ के मित्रों ने उन्हें दिली बधाई दी। 'सागर विहार' के गुप्ता जी से उन्होंने पहले ही चर्चा कर रखी थी। लिखने-पढ़ने वाले आदमी को एकान्त की आवश्यकता होती है। जितनी जल्दी उन्हें एक अलग कमरा मिल जायेगा तो उन्हें सहूलियत होगी। कमरा उन्हें समुद्र के सामने वाला ही चाहिए। शीघ्र ही उसकी भी व्यवस्था हो गयी।

मार्च 1964 में 'सारिका' के उप-सम्पादक बने अवधनारायण धीरे-धीरे मुम्बई को समझ रहे थे। मुम्बई की ज़िन्दगी की चौखटें उनके भीतर खुल रही थीं। कार्यालय से छूटते ही वे आज़ाद मैदान पारकर अक्सर नरीमन पॉइंट

की ओर टहलने निकल जाते। समुद्र के निस्सीम विस्तार को निहारते हुए उसे अपने भीतर उतरता हुआ पाते। मुम्बई ने उन्हें नये लोगों से परिचित करवाया। मिलने-जुलने वालों का दायरा बढ़ने लगा।

अभी काम करते हुए मुम्बई में छह महीने ही हुए थे कि अवध की मुलाक़ात चित्रा ठाकुर अर्थात् मुझसे हो गयी।

उन दिनों मैं मुम्बई विश्वविद्यालय के अन्तर्गत के.जे. सोमैया कॉलेज की छात्रा थी। कॉलेज में हुई कहानी प्रतियोगिता में मेरी कहानी अव्वल आयी। हिन्दी विभाग के मेरे आदरणीय प्रोफ़ेसर अनन्तराम त्रिपाठी, जो मेरे साहित्यिक रुझान को सदैव प्रोत्साहित करते रहते थे, ने कहा मुझसे कि यह कहानी तुम 'सारिका' में उप-सम्पादक मेरे मित्र अवधनारायण मुद्गल को टाइम्स ऑफ़ इंडिया के कार्यालय में दे आओ विचारार्थ। अवध के साथ भेंट का पहला अवसर ख़ासा रोचक प्रसंग है। उसका उल्लेख मैं प्रासंगिक नहीं समझती।

अवध से परिचय के बाद घनिष्ठता बढ़ी, बढ़ती ही गयी और फिर 17 फ़रवरी, 1965 को हम दोनों परिणय-सूत्र में बँध गये। शादी का सारा इन्तज़ाम टाइम्स ऑफ़ इंडिया के साथियों के साथ मिलकर अवध ने किया। शादी माटुंगा के आर्य समाज मन्दिर में हुई—आर्य समाजी रीति से।

घटनाक्रम कुछ ऐसा हुआ कि शादी के बाद हमें तत्काल मुम्बई छोड़कर दिल्ली आना पड़ा। लीव विदाउट सेलरी आख़िर कोई कितने दिन रह सकता है! चन्द्रगुप्त जी की मदद से बड़ी मुश्किल से एक महीने की छुट्टी मंजूर करवाई गयी। फिर भी दो-ढाई महीने हम लोग दिल्ली रहे। बीस-पच्चीस रोज़ हम लोग सर्वेश्वर दयाल सक्सेना के घर मॉडल टाउन में रहे, डेढ़ महीने के लगभग राजेन्द्र यादव और मन्नू भण्डारी के घर शक्ति नगर में। शक्ति नगर में अपने घर से लगी दुछत्ती में रहने का इन्तज़ाम राजेन्द्र भाईसाहब ने मकान मालिक से कहकर करवा दिया था। दिल्ली में बाह के अवध के मित्र रामजी दास गुप्त ने भी कुछ दिन हमारी एक घर में रहने की व्यवस्था करवा दी थी।

मेरे पिता, जो पहले बहुत नाराज़ थे इस विवाह से, दिल्ली आये और राजेन्द्र यादव को हम लोगों के विषय में आश्वस्त कर मुम्बई ले गये। बावजूद पिता के आश्वासन के राजेन्द्र जी मेरे बारे में तो आश्वस्त थे लेकिन अवध

को लेकर डरे हुए थे। चित्रा, तुम्हारे पिता अवध के साथ कोई ग़लत व्यवहार न करें। सँभालना तुम। हिम्मती हो तुम।

हालाँकि मुम्बई पहुँचकर पिता की पूरी कोशिश थी कि वह हम दोनों को अलग कर दें।

अवध अपना जीवनसाथी एक रचनाकार और सोशल एक्टिविस्ट के रूप में पाकर बहुत ख़ुश थे। सन् 1966 की ही बात है, तब हम लोग माण्डुप में ही रहते थे। वहीं हमारा पहला बच्चा गुड्डू हुआ। जिसे राजीव नाम दिया गया। पिता का दिया हुआ कमरा हमने छोड़ दिया था और रहने के लिए चाल की एक मामूली-सी खोली किराये पर ले ली थी। मज़दूरों के बच्चों की संगत में ही बेटा राजीव पला। आज यही बेटा फ़िल्म मेकर और एनीमेशन का विशेषज्ञ है। उसका विवाह प्रख्यात पटकथा लेखक और 'फ़िल्म इंडस्ट्री जर्नल' के एडिटर शब्द कुमार जी की छोटी पुत्री शैली के साथ हुआ। उसका पुत्र शाश्वत और दो जुड़वाँ पुत्रियाँ अनघा और आद्या हैं। अवध और मेरी दूसरी सन्तान के रूप में बिट्टू अर्थात् बेटी अपर्णा 1969 में जन्मी।

बेटी अपर्णा अपने पिता की जान थी। एक पल भी बेटी से बिछोह अवध बर्दाश्त नहीं कर पाते थे। इस होनहार बेटी से हमारा इतना लगाव था कि आज तक वह स्मृतियों के सहारे आँखों में उतर आती है और कुछ पलों तक भलभलाई आँखों से दिखना बन्द हो जाता है। अपर्णा का विवाह शशांक से हुआ था। शशांक कथाकार मृदुला गर्ग के छोटे बेटे थे। दुर्भाग्य से सन् 1993 में वे दोनों एक दुर्घटना में नहीं रहे।

लेकिन ये बाद की बातें हैं।...

मुझसे शादी से पहले अवध ने पत्रकारों द्वारा बनाई गयी कोऑपरेटिव हाउसिंग सोसाइटी की सदस्यता ले ली थी। किसी तरह प्रबन्ध करके अवध सोसाइटी के लिए समय-समय पर पैसा जमा करते रहे। बहरहाल सन् 1972 से 1977 तक अवध इसी पत्रकार कॉलोनी में रहे हम सभी के साथ।

अनायास हुआ यह कि मुम्बई 'टाइम्स ऑफ़ इंडिया' ने 'सारिका' को दिल्ली स्थानान्तरित करने का निर्णय किया। जहाँ तक मुझे जानकारी है, टाइम्स ऑफ़ इंडिया 'सारिका' के वर्तमान सम्पादक कमलेश्वर को सारिका से निकालना चाहती थी। कमलेश्वर जी उन दिनों फ़िल्में लिखने और समान्तर

कथा आन्दोलन में व्यस्त थे। प्रबन्धन उनसे नाराज़ था। नतीजतन 'सारिका' के सम्पादकीय विभाग समेत अवध को 30 जनवरी, 1978 को दिल्ली पहुँचना था। इस आकस्मिक झटके से हम सब तनाव में थे। नौकरी नहीं छोड़ी जा सकती थी। अवध और सारिका सहकर्मी समय से दिल्ली पहुँच गये। दिल्ली में टाइम्स ऑफ़ इंडिया के पुराने कार्यालय। 10 दरियागंज, जहाँ से 'पराग', 'दिनमान' आदि निकलते थे—'सारिका' का कार्यालय भी स्थापित हो गया।

दिल्ली में अवध और रमेश बत्रा ने मिलकर लॉरेंस रोड में डी.डी.ए. का एक कमरे का फ़्लैट किराये पर ले लिया जिसके मालिक थे डॉ. जगदीश चन्द्रिकेश। क़रीब एक वर्ष उसमें रहने के बाद अवध दरियागंज रहने चले आये। दरियागंज में वह एक कोठी में पेइंग गेस्ट के रूप में रहे। सहूलियत यह थी कि यह रिहाइश 'सारिका' कार्यालय से क़रीब थी। इस बीच दोनों बच्चों के साथ मैं मुम्बई में ही रही।

दिल्ली में सारिका के सम्पादन का दायित्व प्रबन्धन ने टाइम्स ऑफ़ इंडिया की ही लोकप्रिय बाल पत्रिका के सम्पादक कन्हैयालाल 'नन्दन' को सौंप दिया। साथ अवध को सारिका का सहायक सम्पादक, तदुपरान्त कार्यकारी सम्पादक का प्रभार दे दिया गया। प्रबन्धन के साथ सारिका के भविष्य को लेकर बैठकें होने लगीं। अवध को स्पष्ट निर्देश हुआ कि पत्रिका प्रसार संख्या 50,000 तक पहुँचानी है उन्हें। कमलेश्वर जी के सारिका से अलग होने से पूर्व ही सारिका की प्रसार संख्या गिरकर पन्द्रह हज़ार के लगभग रह गयी थी। सर्कुलेशन बढ़ाने की दृष्टि से अवध ने कुछ प्रयोग किये जिनसे प्रसार संख्या तो ख़ूब बढ़ गयी किन्तु 'सारिका' के पारम्परिक पाठकों ने एतराज़ भी किया। पारम्परिक पाठकों की बनिस्बत कहना न होगा, कुछेक लेखकों ने एतराज़ उठाये। राजेन्द्र यादव उनमें से एक थे—सारिका के ख़िलाफ़ हवा बनाने में कि 'देहकथा विशेषांक' के माध्यम से अश्लीलता परोसी जा रही है। राजेन्द्र जी ने अवध के ख़िलाफ़ मालिक अशोक जैन को एक पत्र भी लिखा था। जबकि देहकथा विशेषांक में दैहिक शोषण के ख़िलाफ़ विश्व के बड़े लेखकों की कथा रचनाएँ समाहित थीं। यल्लम्मा देवी और देवदासी प्रथा के विरोध में गम्भीर विश्लेषणात्मक लेख थे। यह प्रयोग अवध ने प्रबन्धन के निर्देश पर ही किये थे। अब बात की गयी पत्रिका का स्तर बनाये रखने की। इसमें प्रसार संख्या की परवाह न करने का निर्देश भी शामिल था।

अवध ने हिन्दी कथा के इतिहास में पहली बार दो खेलकथा विशेषांक 'सारिका' के तैयार किये। 60 हज़ार प्रिंट ऑर्डर के ये अंक एशियाड से पूर्व ही पाठकों के हाथ में थे। 'सारिका' ने बिक्री का नया प्रतिमान क़ायम किया।

इसके बाद अवध के द्वारा सम्पादित 'नोबेल पुरस्कार विजेता' कथाकार अंक निकले। स्तर और प्रसार की दृष्टि से ये अंक भी उल्लेखनीय रहे। मण्टो विशेषांक की रचनाएँ पाठकों में ख़ूब सराही गयीं। यानी कि चारों ओर मण्टो की बात होनी शुरू हो गयी।

विशेषांकों की परम्परा में अवध ने कुछ सराहनीय प्रयोग किये। हिन्दी के जीवित कालजयी रचनाकारों पर 'सारिका' के अंक निकाले। पहला विशेषांक अमृतलाल नागर पर आया। दूसरा डॉ. धर्मवीर भारती पर और तीसरा भीष्म साहनी पर। भविष्य में उनकी योजना थी भारतीय भाषाओं के मूर्धन्य लेखकों पर 'सारिका' के अंक निकालने की। लेकिन उनकी यह मंशा पूरी नहीं हो पायी।

'टाइम्स ऑफ़ इंडिया' की सत्ता के गलियारों का मौसम बदल रहा था। मालिक अशोक जैन के बड़े बेटे समीर जैन विदेश से भारत लौट आये थे। अब सत्ता उनके हाथों में थी। साहित्य उनके लिए कोई महत्त्व नहीं रखता था। यह कहना आवश्यक है कि देश-विदेश में 'सारिका' की प्रतिष्ठा इसी बीच और बढ़ी। इतनी प्रसार संख्या में अब तक कोई कथा-पत्रिका अपनी प्रतिष्ठित जगह न बना सकी थी। लेकिन अब वह समय आ गया था जब प्रबन्धन की नज़र में पत्रिकाओं का महत्त्व कम होने लगा। एक-एक कर टाइम्स समूह की ऐसी सभी पत्रिकाएँ बन्द की जाने लगीं जिन्होंने पत्रकारिता और साहित्य की दुनिया में एक नया इतिहास बनाया था। केवल ग्लैमर से जुड़ी दो पत्रिकाओं का जीवन बना रहा—'फ़िल्मफ़ेयर' और 'फ़ेमिना'।

यह वही समय था जब सम्पादकों की नियुक्ति अनुबन्ध पर होने लगी थी।

अवध को तीन वर्ष का कॉन्ट्रेक्ट लेटर मिला था। 1989 में उनका हार्ट का ऑपरेशन हुआ। बाइपास सर्जरी। यह उनके अनुबन्ध का अन्तिम वर्ष था। उन्हें एक वर्ष का एक्सटेंशन प्रदान किया गया। 31 दिसम्बर, 1990 तक के लिए।

ऑपरेशन से पूर्व अवध इराक और मॉरीशस की यात्राएँ कर आये थे।

सन् 1990 में प्रबन्धन की ओर से सारिका की मासिक प्रसार संख्या में प्रतिमाह 1000 प्रतियाँ कम करने का आदेश मिला। पत्रिकाएँ बन्द करने की

यह एक चाल ही थी। जिस 'सारिका' में अवध मार्च 1964 को उप-सम्पादक के रूप में नियुक्त हुए थे, 1979 में जहाँ उन्हें मुख्य उप-सम्पादक बनाया गया, 1981 में सहायक सम्पादक, 1982 में उन्हें 'सारिका' पत्रिका का स्वतन्त्र प्रभार सौंपा गया, मार्च 1985 में वह सम्पादक बना दिये गये। दो वर्ष बाद साथ में महिलाओं की पत्रिका 'वामा' का भी चार्ज उन्हें सौंप दिया गया। कुछ दिनों के लिए 'पराग' की ज़िम्मेदारी उन्हें सँभालनी पड़ी। एक तरह से अन्तिम नौ वर्षों तक उन्होंने स्वतन्त्र रूप से 'सारिका' का सम्पादन सँभाला। यह क्रम सन् 1990 के दिसम्बर माह तक चला।

सारिका को समर्पित

यह एक रोचक तथ्य है कि 'सारिका' में अवध के जीवन का सबसे बड़ा हिस्सा गुज़रा। पूरे 26 वर्ष। निरन्तर।

1964 से 1990 तक के इस सफ़र में वे उप-सम्पादक पद से लेकर मुख्य उप-सम्पादक, सहायक सम्पादक, कार्यकारी सम्पादक और अन्त में सम्पादक के पद पर प्रतिष्ठित हुए। किसी अन्य पत्रिका में नहीं गये। न बाहर की, न 'टाइम्स ऑफ़ इंडिया' के ही किसी अन्य पब्लिकेशन में। अगर मैं ग़लत नहीं हूँ तो साहित्य पत्रकारिता के इतिहास में अवध एक मिसाल हैं।

'सारिका' में उन्होंने तीन-तीन सम्पादकों के कार्यकाल में काम तो किया ही, स्वयं भी सम्पादक रहे।

उनके पहले सम्पादक थे चन्द्रगुप्त विद्यालंकार, दूसरे कमलेश्वर और तीसरे कन्हैयालाल नन्दन।

उनके सम्पादकत्व में 'सारिका' ने अपने प्रसार के सारे आँकड़े तोड़ दिये। यह भी सच है कि जितने व्यापक स्तर पर पाठकों तक पहुँच 'सारिका' की रही, शायद ही किसी कथा पत्रिका की रही हो। जिस समय 'सारिका' का सम्पादन उन्हें सौंपा गया, अवधनारायण मुद्गल बहुत कुछ करना चाहते थे। किन्तु स्थितियाँ बहुत चुनौतीपूर्ण थीं। कुछ विवशताएँ भी थीं। तात्कालिक दबाव थे। व्यावसायिक प्रतिष्ठान की पत्रिका को किसी भी तरह व्यावसायिकता से तो मुक्त किया नहीं जा सकता था।

प्रबन्धन द्वारा सौंपे गये प्रत्येक काम को वह पूरी लगन से करते रहे। टाइम्स से मुक्त होने के बाद उन्होंने 'छाया मयूर' कथा वार्षिकी का सम्पादन भी किया। 'छाया मयूर' हिन्दी के प्रतिष्ठित प्रकाशक 'नेशनल पब्लिशिंग हाउस' से प्रकाशित वार्षिकी थी।

लेखक अवधनारायण मुद्गल

रचनाकार अवधनारायण मुद्गल से परिचित होने से पूर्व उस परिवेश विशेष को समझना होगा जिसमें अवध ने आँखें खोलीं।

अवध ने जीवन में शैशव तो जैसे देखा ही नहीं।

भरा-पूरा शैशवकाल किसी भी व्यक्ति के बहुआयामी व्यक्तित्व विकास की पुख़्ता नींव होता है। उस उचाटपन को उनके जीवन संघर्ष में व्यक्त-अव्यक्त दोनों ही स्तरों पर गहरे महसूस किया जा सकता है। उनके लेखन में भी।

प्राइमरी स्कूल में जब अवधनारायण पाँचवीं कक्षा में पहुँचे तो उन्हें कविता से लगाव पैदा हो गया। पाठ्यपुस्तक में संकलित कविताओं को उन्हें बार-बार पढ़ना अच्छा लगता, अच्छा लगता लोगों के मुख से कविताएँ सुनना भी। इसी समय वह आसपास के रचनाकारों के सम्पर्क में आ गये थे। इनमें सर्वप्रमुख वह मानते थे डॉ. रामगोपाल शर्मा 'दिनेश' को। उन्हें वह अपना कवि गुरु भी मानते थे। वह भदावर स्कूल में पढ़ाते थे। यह स्कूल अवध के मिडिल स्कूल के पास ही था। दिनेश जी इंटरमीडिएट में हिन्दी पढ़ाते थे। वह बड़े अच्छे कवि थे। उनकी लिखी महात्मा गाँधी पर एक पुस्तक से अवध बहुत प्रभावित हुए थे। जीवन-भर डॉ. रामगोपाल शर्मा 'दिनेश' के प्रति अवध में विशेष आदर भाव बना रहा। उनकी जो भी पुस्तक या कविता संग्रह छपता, अवध अवश्य मँगवाते। अपने गाँव को याद करना और उस पर लिखना, दिनेश जी को अच्छा लगता था। एक रचनाकार के रूप में उनका क्रमिक विकास तो अवध ने देखा ही, उनसे बहुत कुछ सीखा भी। वह उनसे एक अध्यापक के रूप में भी बहुत प्रभावित थे। उन्हें यह देखकर अच्छा लगता था कि भदावर स्कूल से उठकर दिनेश जी उदयपुर

विश्वविद्यालय के प्रोफ़ेसर बने। आरम्भ से अन्त तक सम्पर्क में रहने वाले वही विशिष्ट रचनाकार थे।

गाँधी जी के सम्बन्ध में अवधनारायण ने पहली कविता तब लिखी थी, जब वह पाँचवीं कक्षा के छात्र थे।

उनकी रचनां की शुरुआत इस अर्थ में कविता से ही हुई थी। भारत स्वतन्त्र हुआ था। इसी उत्साह में लिखी वह कविता न कहीं भेजी न कहीं प्रकाशित हुई। पुराने ढंग से ही कविता तुरन्त इसके बाद लिखी। यह एक कवित्त या सवैया था। जहाँ तक प्रकाशन का सन्दर्भ है, अवध की पहली कविता सन् 1953 में आगरा से प्रकाशित होने वाली एक लघु पत्रिका में प्रकाशित हुई। इस पत्रिका को सतीश चौबे निकाला करते थे। पत्रिका का नाम मुझे स्मरण नहीं।

इन्हीं दिनों अवध ने 100 चतुष्पदियाँ अर्थात् सॉनेट लिखे। आगे जब आगरा छूटा तो वे वहीं छूट गये। छूट गये पीछे तो फिर कहाँ चले गये, कुछ पता ही नहीं चला।

कालान्तर में अवध ने कहानियाँ लिखना भी शुरू कर दिया था। उनकी कहानी 'बेतुका आदमी' पहली रचना थी जो 'निहारिका' कथा पत्रिका में प्रकाशित हुई थी। इसके बाद अवध ने सर्वेश्वर जी के कहने पर एक कहानी 'धर्मयुग' को भेजी। अवध के मुम्बई पहुँचने से काफ़ी पहले यह रचना 'और कुत्ता मान गया' शीर्षक से धर्मवीर भारती के सम्पादन में प्रकाशित हुई।

अवध जिन दिनों लखनऊ में संघर्षरत थे, वहीं से भेजी उनकी कुछ कविताएँ 'माध्यम', और 'स्वतन्त्र भारत' में प्रकाशित हुईं। प्रकाशन क्रम ने ज़ोर पकड़ा मुम्बई पहुँचने के बाद।

'लहर', 'ज्ञानोदय', 'धर्मयुग', 'सारिका', 'नयी कहानी' आदि में फिर अवधनारायण मुद्गल की रचनाएँ निरन्तर आती रहीं।

कहानियाँ लिखीं अवश्य किन्तु यह सच है कि अवध के रचनाकार जीवन की शुरुआत कविता से इसलिए हुई थी कि कविता के प्रति उनके मन में गहरा सम्मान था। अपने आत्मकथ्य में वे कहते हैं—'मैंने अपनी लेखकीय यात्रा की शुरुआत कविता से की थी। कविता के प्रति मेरे मन में शुरू से ही काफ़ी सम्मान भाव रहा है। मैंने कविता को कभी दोयम दर्जे की चीज़ नहीं माना। मेरी स्पष्ट धारणा है कि कविता को नकारना 90 प्रतिशत साहित्य को विशेष

रूप से क्लासिकी साहित्य को नकारना है। यदि हम थोड़ी देर के लिए विश्व साहित्य को भूल जायें और सिर्फ़ हिन्दी साहित्य की बात सोचें, तो परिणाम और भी ज़्यादा तकलीफ़देह हो सकते हैं। कविता की अस्वीकृति से अपने (हिन्दी) साहित्य के प्रति गर्व का आधार ही समाप्त हो जायेगा।'

यही कारण है कि अवधनारायण मुद्गल स्कूली दिनों से ख़ूब कविताएँ लिखते रहे। आगरा से लखनऊ तक उनकी प्रारम्भिक कविताओं ने आकार लिया। सन् 1958 में अवध लखनऊ क्या पहुँचे, उनकी रुचि कहानी की ओर बढ़ गयी। लगता है इस रुचि परिवर्तन के पार्श्व में अमृतलाल नागर सरीखे बड़े कथाकार का हाथ रहा होगा। नागर जी लखनऊ में उनके अभिभावक जो थे।

अवध ने बताया था कि शुरुआती दो-तीन वर्ष तक तो अवध कहानियाँ लिखते और फाड़ डालते।

यह एक रोचक तथ्य है कि सन् 1960 तक अवध क़रीबन दो-तीन दर्जन कहानियाँ लिखकर नष्ट कर चुके थे। यह अपनी रचना के प्रति उनका असन्तोष था।

सन् 1961 में वह समय प्रारम्भ हुआ जब उन्हें लगा कि वह अपने लेखन से सन्तुष्ट हैं। कहानियों ने इसके बाद रफ़्तार पकड़ ली और उस निरन्तरता को हम महसूस कर सकते हैं और पाते हैं कि अवध 1974 तक बराबर कहानियाँ लिखते रहे।

वैसे सच तो यह है कि सन् 1953 में उन्होंने एक कहानी से अरसा पहले शुरुआत की थी, जो आगरा के युवा लेखक संघ की लघु पत्रिका में (नाम याद नहीं) प्रकाशित हुई थी। लेकिन अपना यह लेखकीय प्रयास अवध को बचकाना प्रतीत हुआ था। इस कारण अपनी पहली सन्तोषप्रद रचना उन्हें लगी 'दस्तकें'।

'दस्तकें' 1961 में लिखी गयी। इसी वर्ष उन्होंने एक और कहानी लिखी 'बेतुका आदमी'। पहले भी ज़िक्र किया है मैंने 'बेतुका आदमी' का। 'बेतुका आदमी' लिखी 'दस्तकें' के बाद, किन्तु प्रकाशित हुई 'निहारिका' में पहले। सन् 1962 में प्रकाशित कहानी 'और कुत्ता मान गया' को 'धर्मयुग' के पाठकों ने ख़ूब सराहा। देवीशंकर अवस्थी ने एक मुलाक़ात में कहानी के सर्वथा भिन्न पाठ को लेकर कहानी की ख़ूब प्रशंसा की। व्यापक स्तर पर अपने कहानीकार की स्वीकृति से अवध का आत्मविश्वास तो बढ़ा ही, वह लगातार कहानी लेखन के

प्रति आकृष्ट भी हुए। अवध की यह रचना पारिवारिक और सामाजिक रिश्तों की 'स्वीकृतिपूर्ण पहचान' को सांकेतिक व व्यंग्यात्मक अर्थ देने की कोशिश करती है। वस्तुतः यहाँ लेखक की मान्यता यह है कि निम्न मध्यवर्ग के आदमी की अपनी कोई पहचान नहीं होती। उसकी नियति दूसरों के निर्णय पर आधारित होती है। यह एक बड़ी विडम्बना है कि मनुष्य की पहचान 'सांकेतिक पशु' द्वारा करायी जाये। यह एक आरोपित पहचान है।

पहली कहानी

अवधनारायण मुद्गल की पहली कहानी 'दस्तकें' (क़ायदे से) का प्रारम्भिक अंश ही ज़ाहिर कर देता है कि कथाकार के भीतर एक तीक्ष्ण व्यंग्यकार छिपा बैठा है। वह अपनी तरह से कटाक्ष करता रहता है। इस कहानी का नायक कुमार कामकाजी बीवी की कमाई पर पलते हुए अपने बेरोज़गार होने पर भी एक तर्क चढ़ाये रहता है। कहता है—उससे किसी साले की गुलामी नहीं होती। उसकी मान्यता है कि गुलामी और स्वाभिमान साथ-साथ नहीं चल सकते।

नये वक़्त की गतिशीलता पर कटाक्ष करते हुए कहानीकार क्रमशः अपने नायक की बेचारगी की परतें उधेड़ता चलता है। असलियत जबकि यह है कि वह बेहतर नौकरियाँ छोड़ चुका है। वह एक पेंटर और कथाकार है। मानता है कि अगर उसकी कला की प्रशंसा नहीं होती तो इसकी वजह कला में कमी नहीं, जनता की कमी है। जिसमें अभी वह रुचि व संस्कार ही पैदा नहीं हुए जो उसकी कला का मर्म समझ सकें।

ख़याली दुनिया में जीवन के यथार्थ से दूर रहने वाली यह कहानी जब नायक के मित्र रफ़ीक से उसका संवाद सामने रखती है, तब यथार्थ की खुरदुरी परतें अपने आप खुलने लगती हैं। इसी के साथ नायक की कुण्ठा अपने वास्तविक रूप में बेपर्द होने लगती है।

कथा आलोचक महेश दर्पण ने साफ़ कहा है—'दस्तकें' में समय-समय पर रफ़ीक की तानाकशी भरी बातें हैं और कुमार के दिमाग़ी दरवाज़ों का खुलना, यह कहानी की जान है। यही वे साधन हैं जो कहानी के नायक की जीवन के यथार्थ में वापसी कराते हैं।

बीवी की कमाई पर ऐश करते हुए जीने वाला, अर्थशास्त्र में एम.ए. यह नायक एक बार फिर से स्वाभिमान का सही अर्थ समझने लगता है। लेकिन यह सब यकबयक नहीं हो जाता। कहानी में संवाद एक प्रक्रिया बनकर आया है। और इसका चरम है रफ़ीक का यह कहना–'यदि तुम कुत्तों की तरह जीना, दूसरों की थाली और जेब की ओर ताकना और अन्त में कुत्ते की तरह मर जाना स्वाभिमान समझते हो तो मैं तुमसे कुछ भी कहना, यहाँ तक कि बात करना भी पसन्द नहीं करता, क्योंकि मैं आदमियों से बात करता हूँ, कुत्तों से नहीं।'

यह संवाद जब नायक को चोट पहुँचाता है, तब कहीं उसे बोध हो पाता है।

सामान्य कहानीकार इसी जगह कहानी का अन्त स्वीकार कर लेता है, लेकिन यहाँ अवध ने कहानी में नायक के जीवन के साथ दृश्य भी बदल दिया है।

अब नायक एक डिग्री कॉलेज में अर्थशास्त्र का प्राध्यापक बन गया है। अच्छी बात यह है कि इस परिवर्तित दृश्य में भी नायक का मित्र रफ़ीक मौजूद है। उसका कुमार से उसकी पत्नी के बारे में बातें करना उसकी कुण्ठा को बढ़ा जाता है। यही वह समय है जब वह अपनी सोच में उतर जाता है। यही सोच उसे उन आवाज़ों की गिरफ़्त में ले जाती है जो असल में तो दरवाज़े पर हो रही दस्तकें ही हैं, लेकिन नायक की कुण्ठा का क्या किया जाये कि वह उन्हें पहचानते हुए भी दरवाज़ा खोलने को उठता नहीं है।

कहानी का अन्त ज़ाहिर करता है कि ऐसी मनःस्थिति अनायास नहीं बन गयी। इसके पार्श्व में है हताशा और टूटन का पूरा दौर। कहानी की भाषा इसे सामने रखने में कारगर भूमिका निभाती है। इसका सजग प्रयोग वह बड़ी सूक्ष्मता से कर जाता है।

लेखन और प्रकाशन के क्रम में दूसरी कहानी 'बेतुका आदमी' है। यह असल में एक तथाकथित बुद्धिजीवी की मानसिकता को ज़ाहिर करती है। इसके लिए कहानीकार एक ख़ास तकियाकलाम, असामान्य-सी स्थिति, तर्क और सम्भाषण का सहारा लेता है। सच बात तो यह है कि ऐसी मानसिकता में हम आप भी कभी आ सकते हैं। इसके लिए व्यक्ति का किसी वर्ग विशेष का होना ज़रूरी नहीं।

इसके बाद जो कहानियाँ अवधनारायण मुद्गल की प्रकाशित हुईं, उनमें प्रमुख इस प्रकार से हैं–'और कुत्ता मान गया', 'कबन्ध', 'पीर, बावर्ची, भिश्ती,

खर', 'टूटी हुई बैसाखियाँ', 'रिटायर अफ़सर', 'शताब्दियों के बीच', 'सम्पाती', 'चक्रवात', 'गन्धों के साये', 'आवाज़ों का म्यूज़ियम'। इनमें से अधिकांश रचनाएँ मुम्बई में लिखी गयीं।

अपनी कहानियों की व्याख्या करने में अवध को कोई रुचि नहीं थी। उनकी मान्यता बड़ी साफ़ थी कि 'लेखक को अपनी कहानियों की व्याख्या स्वयं नहीं करनी चाहिए। इससे विवाद खड़े हो सकते हैं। कई क़िस्म की भ्रान्तियाँ पैदा हो सकती हैं। कहानी के बहुआयामी और अन्तर्धाराओं के बहुस्तरीय स्वरूप को नुक़सान पहुँच सकता है। लेकिन इससे किसी लेखक की कथा-यात्रा के सही स्वरूप को समझने में मदद भी मिल सकती है।'

इस मान्यता के पीछे उनकी यह धारणा काम कर रही थी कि लेखक की रचना यात्रा कोई स्कूल यात्रा नहीं होती। वह स्पष्टतः यह स्वीकार करते थे कि उनकी अधिकांश रचनाएँ मध्यवर्गीय या निम्न मध्यमवर्गीय जीवन स्थितियों व चरित्रों की हैं। उनकी कहानियों में 'कबन्ध' और 'सम्पाती' के शीर्षक देखने में पौराणिक प्रतीत होते हैं। किन्तु उनकी कथा-पृष्ठभूमि पौराणिक नहीं है। वास्तव में ये निम्न मध्यवर्ग के क्लर्क या बाबू के जीवन की होते हुए भी आम आदमी की रचनाएँ हैं।

उनकी कहानी 'कबन्ध' रामायणकालीन राक्षस 'कबन्ध' की नहीं है जिसने वन में लक्ष्मण को पकड़कर आकाश में फेंक दिया था।

कहानीकार ने कहानी में केवल 'कबन्ध' के शाब्दिक अर्थ को ही रूपायित किया है। इसका अर्थ है बिना सिर का धड़। यह व्यक्ति दरअसल एक कार्यालय में सामान्य क्लर्क मात्र है। उसके पास काम करने के लिए हाथ हैं, चलने-फिरने के लिए पाँव हैं, खाने से जुड़ा उदर है। वह यौन सुख भोग सकता है किन्तु सिर में स्थित किसी भी इन्द्रिय के उपयोग का अधिकार नहीं है। वह सब कुछ, सारा कार्य-व्यापार एक हद तक देखता-सुनता है, सूँघ भी लेता है, बातचीत भी कर लेता है, कभी कुछ सोच भी लेता है, लेकिन पूरी तरह से न तो वह देख पाता है, न सुन पाता है, न सूँघ पाता है, न बोल पाता है और न सोच ही पाता है।

'धर्मयुग' में प्रकाशित 'कबन्ध' के प्रति पाठकों का उत्साह देखकर सम्पादक डॉ. धर्मवीर भारती उत्साहित थे।

ठीक ऐसे ही 'धर्मयुग' में प्रकाशित अवध की कहानी 'सम्पाती' भी चर्चा का विषय बनी।

'सम्पाती' एक सामान्य जन की कहानी है।

नायक में महत्त्वाकांक्षाएँ तो हैं ही किन्तु वे स्वप्नजीवी क़िस्म की ही हैं।

एक तरह से 'सम्पाती' एक असफल महत्त्वाकांक्षी व्यक्ति की कहानी है। इस कहानी के साथ ही अवधनारायण मुद्गल के सोच और लेखन में मिथकीय प्रतीकों का प्रवेश होता है। इस कहानी से लेखक यह दिखाना चाहता था कि असमर्थ महत्त्वाकांक्षाओं के परिणाम का शिकार सर्वाधिक मध्यवर्ग ही हुआ है। इसके बाद ही अवध ने 'कबन्ध' जैसी कहानी लिखी जिसका ज़िक्र मैंने पहले किया है। 'कबन्ध' उनकी कहानी में मिथकीय प्रतीक की अगली कड़ी बनी। जैसाकि ऊपरी तौर पर लगता है, इसमें किसी राक्षस सरीखे दुर्दान्त चरित्र को नहीं लिया गया। यहाँ तो एक निरीह मध्यवर्गीय चरित्र सामने है जो धड़ के तमाम काम कर सकता है। सिर के काम करना उसके लिए निषिद्ध है।

'धर्मयुग' के पाठकों के लिए उनकी ऐसी कहानियों का आस्वाद चकित करने वाला था।

अवधनारायण मुद्गल की विशेषता यह है कि उनके यहाँ कथा की भाषा में चमक के चलते विषयवस्तु बिला नहीं जाती। वह अपने पूरे विचार के साथ भाषा में खिल उठती है।

अगर आप उनकी कहानी 'बेतुका आदमी' के नायक कौशल खन्ना को देखेंगे, तो वह नैरेटर की तरह आपको भी बेतुका लग सकता है। उसके जीवन जीने के तरीक़े में कोई सुघड़ता नज़र नहीं आती। वह ठीक वैसा ही जीना चाहता है, जैसा उसका दिल और दिमाग़ कहता है। दिक्क़त यही है कि उसके पास अपनी सोच को सही ठहराने के अनन्त तर्क हैं। बस यह कह सकते हैं कि वह अनुकरण नहीं करता। तीखी, साफ़ और तर्कसंगत बात करता है। उसे यह परवाह नहीं कि सुनने वाले पर इसका असर क्या पड़ेगा। वह नहीं चाहता कि कोई उसके प्रति विनम्रता प्रदर्शित करे। लाग-लपेट भरी बातें उसे नहीं सुहातीं। उसका एक संवाद है—'अभाव का मतलब यह तो नहीं कि मैं माँगता फिरूँ। साइकिल के अभाव में मैंने कभी तुम्हारी गाड़ी नहीं माँगी। न मैंने कभी किसी के रहने-खाने की बात की। अभाव तो मुझे बीवी का भी है...क्या तुम

मुझे ज़िन्दगी-भर के लिए न सही, दो-चार दिन के लिए भी अपनी बीवी दे दोगे? बोलो, ले जाऊँ...जब कुछ कर नहीं सकते तो इस तरह की वाहियात, बेतुकी और सड़ी हुई बातें क्यों करते हो?'

इस चरित्र को जीवन में ऊपरी दिखावा क़तई पसन्द नहीं। इसका मन है कि मनुष्य को उसके समूचेपन में समझा जाये। कथा का नैरेटर यहाँ उसकी बात से असहमत भले ही हो, किन्तु उससे प्रभावित हुए बग़ैर नहीं रह पाता। यही नहीं, उसे तो पत्नी की बातों में भी कौशल की झलक आने लगती है। ऐसे चरित्र का प्रभाव पड़ना इसलिए भी आवश्यक है कि यह एक अलग हटकर खड़ा हुआ चरित्र है। क़दम-क़दम पर यह बने-बनाये रवैये का विरोध करता है। इसका मन रहता है कि बस अपने मन के अनुसार चले।

जब तक इस चरित्र के मनोविज्ञान को न समझ लिया जाये, तब तक उसके साथ अपनापा बिठाना सम्भव नहीं। यह चरित्र मूलतः अनौपचारिकता में यक़ीन रखता है। उसे दुनिया में चल रहा कार्य-व्यापार इसलिए बेतुका नज़र आता है। उसकी सोच उसके संवाद में अच्छी तरह से खुल जाती है जब वह कहता है—'बड़े-बड़े दर्शन, विज्ञान, साहित्य के पोथे, दुनिया, मैं और आप सभी बेतुके लगते हैं।'

यह चरित्र आलोचना भी करता है और आत्मालोचना भी, लेकिन सबसे ज़्यादा तरजीह देता है अपनी कॉन्शस को—'आपकी कॉन्शस जो कुछ भी अलाउ करे, करते जाइए, क्योंकि अब तुक का भी कुछ नहीं कर सकते, तब अपनी कॉन्शस को ही क्यों दबाया जाये! सब काम किसी-न-किसी स्वार्थ की प्रेरणा से होते हैं, होते रहेंगे और होते रहने चाहिए, क्योंकि स्वार्थ स्वयं एक बेतुकी बात है और बेतुकी बात न कभी नष्ट हुई, न नष्ट होगी, इसलिए न होनी चाहिए।'

कौशल असल में सोच से बना हुआ चरित्र है। उसके व्यक्तित्व में दिमाग़ सर्वोपरि है। कथा का नैरेटर खुद यह स्वीकार करता है कि उसकी बातें सुनने तक की सामर्थ्य उसमें नहीं है। वह स्वयं एक सामान्य और बँधे-बँधाये ढर्रे वाली ज़िन्दगी के जाल में फँसा है। कभी उसके मुँह से खुद का सोचा कुछ निकल जाये तो वह सुनने को मजबूर है—'अच्छा, तो तुम भी कौशल का लहजा सीख गये?'

कौशल को सामने रख कथाकार ने समय की एक बड़ी त्रासदी प्रस्तुत करने

की कोशिश की है। समाज कौशल के प्रति दया व उदारता दिखाने की चेष्टा में रहता है, लेकिन समाज स्वयं दया का पात्र है। कारण यह है कि समाज तो अपने स्तर पर अपनी बात तक नहीं सोच पाता।

पारम्परिक कहन से पूरी तरह मुक्त यह कहानी अन्दाज़ में बताती है कि कोई व्यक्ति किसी ख़ास तरीक़े का खुद ही नहीं बन जाता। उसके पार्श्व में उसका परिवेश और परिस्थितियाँ भी काम करती हैं। यही बनाती हैं उसका मनोविज्ञान। जीवन की सच्चाई वही नहीं होती जो ऊपर से दिखाई देती है। समाज के साथ ही व्यक्ति की मानसिकता की समझ पर भी बल देती है यह रचना।

अवधनारायण मुद्गल की कहानियों में संवाद बड़ी उल्लेखनीय भूमिका निबाहते हैं। इन्हीं के माध्यम से पात्रों के विचार पूरे तापमान के साथ सामने आते चले जाते हैं। इस कहानी का कौशल इस बात से इत्तफ़ाक़ नहीं रखता कि आप किसी भी लड़की से जबरन शादी कर सकते हैं। स्त्री उसके लिए एक सम्पूर्ण व्यक्ति है। अच्छी बात यह है कि उसकी बातों का असर मिसेज़ खन्ना पर साफ़ पड़ता है। एक झटके के साथ कथान्त समाज की कलई खोलकर रख देता है। पता चलता है कि बात का बतंगड़ बनाने वाले ही दरअसल बेतुकी बातें करते हैं।

इस कहानी में कश्मीर से आयी चिट्ठी का ज़िक्र न होता तो यह एक फ़ार्मूला कहानी-भर बनकर रह जाती। कथा सम्पन्न होते-होते पाठक को यह बेतुका आदमी ही तुक-तान वाला नज़र आने लगता है। नैरेटर के मुँह से निकली प्रतिक्रिया में भी बेतुका आदमी बोलता नज़र आता है। समय और सभ्यता की समीक्षा का अनूठा अन्दाज़ है यह।

एक संयोग यह भी

इसे एक संयोग ही कहना होगा 'बेतुका आदमी' लिखी तो सन् 1961 में गयी थी, किन्तु इसका प्रकाशन 1963 में हुआ। इससे एक वर्ष पहले, अर्थात् 1962 में अवध की एक कहानी 'धर्मयुग' में प्रकाशित हुई। कहानी का शीर्षक था '...और कुत्ता मान गया'। निम्न मध्यवर्ग की पहचान का संकट बड़े प्रश्न के रूप में उठाती है यह कहानी। यह बहुत चुपके से बता जाती है कि काम में लगे इन्सान के लिए मौसम में होने वाला बदलाव कोई मायने नहीं रखता। उसे

काम से बाहर कहीं कुछ देखने की फ़ुर्सत ही नहीं होती। उसकी पारिवारिक व सामाजिक, कोई पहचान नहीं होती। यह भी सम्भव है कि उसकी भले न हो, किसी दूसरे की पहचान बन जाये। पहचान अस्थायी ही क्यों न हो, ऐसे में वह कुण्ठा में धँस जाता है। यह स्थिति '...और कुत्ता मान गया' में देखने लायक है। एक समय तो नैरेटर को लगने लगता है (यानी पति) कि पूरा का पूरा समाज दो आकृतियों में सिमट गया है—एक कुत्ते की आकृति और दूसरी, साहब की। कहानी बताती है कि झूठी पहचान बरकरार रखने के लिए असली पहचान को दबाकर रखना एक ऐसी विवशता बन जाती है कि कथा चरित्र को गलाज़त से गुज़रना पड़ता है। रचना में यह बात बड़े तरीक़े से विन्यस्त होकर आती है। यहाँ इस पात्र की कृत्रिम खुशी, निराशा और कुण्ठा के अतिरेक में होने वाली प्रतिक्रियाएँ सम्पूर्ण मनोवैज्ञानिक तर्कों के साथ मौजूद हैं। यहाँ अच्छी बात यह है कि कथा के तर्क की परिणति अनुमानेय नहीं है, बावजूद इसके पाठक अन्ततः उसके साथ बहा चला जाता है। यह रहस्य कहानी अधबीच में पति और कुत्ते के संवाद में खोलती है। इससे पता चलता है कि अवस्थाओं और श्रेणियों की भिन्नता व्यक्ति की त्वचा के स्वाद-गन्ध तक बदल देती है।

यह वह स्थिति है जहाँ पहचान का संकट और बड़ा हो जाता है। हीनता ग्रन्थि खुलने लगती है और कथा के अन्त में नाटकीय दृश्य सामने हो आता है। मज़ेदार बात यह है कि दृश्य में मनुष्य की पहचान का असल खुलासा कुत्ता ही करता है। यहाँ एक परिवार असल रूप में खुलकर एक्सपोज़ हो जाता है।

कहानी का शीर्षक इस समूचे कथानक की व्यंजना को और मार्मिक बना देता है कि '...और कुत्ता मान गया'। जीवन की सबसे प्रमुख विडम्बना यही है कि हमारी पहचान का फ़ैसला भी दूसरे लोग करें!

प्रकाशन के क्रम में अवधनारायण मुद्गल की इसके बाद आयी कहानियाँ हैं—'पीर, बावर्ची, भिश्ती, खर', 'टूटी हुई बैसाखियाँ', 'गन्धों के साये', 'रिटायर अफ़सर', 'शताब्दियों के बीच', 'सम्पाती', 'कबन्ध', 'चक्रवात', 'एक एहसास शताब्दियों पहले का', 'अँधेरे से अँधेरे तक', 'आतंक के बीच उभरती शक्लें', 'राजनीति की शवयात्रा', 'परिवर्तनवादियों के बीच', 'अन्धे सूरज का अनुशासन', और 'जून की एक शाम'। इनमें अधिकांश की रचनाभूमि मुम्बई ही रही।

दरअसल, अब वह मुम्बई के जीवन और रफ़्तार को क़ायदे से समझने लगे थे। यही कारण रहा होगा कि बालकृष्ण राव ने उनसे मुम्बई की डायरी लिखने को कहा था 'माध्यम' के लिए।

अवधनारायण मुद्गल के मुम्बई पूर्व के जीवन से परिचित कोई भी इन्सान यह देखकर हैरान रह सकता है कि उनकी कहानियों में किसान जीवन सिरे से नदारद है। उनकी रचनाओं की विशेषता यह है कि उनमें नॉस्टेल्जिया भी नाम-भर को नज़र नहीं आता। उनमें लेखक के उदास कैशोर्य की भी कोई परछाईं नहीं दिखती। वस्तुतः अवध पूर्णतः वर्तमान के ही रचनाकार हैं। मध्यवर्गीय शहरी स्थितियाँ और चरित्र ही प्रायः उनकी रचनाओं में नज़र आते हैं।

उनकी कहानी 'पीर, बावर्ची, भिश्ती, खर' को ही देखें। यहाँ दफ़्तर के बड़े बाबू कमलकान्त हैं। वह इस क़दर विवश हैं कि अपनी मर्ज़ी से कोई काम नहीं कर पाते। यह अजीब चरित्र आत्मदया और आत्मालोचन के बीच डूबता-उतराता रहता है। इसकी फैंटेसी का एक विचित्र जगत बना हुआ है। कभी वह समझने लगता है कि स्थितियों ने उसकी आवाज़ ही छीन ली है। पता नहीं, वह खुद को पहचान भी सकता है या नहीं। अलग-अलग परिस्थितियों के बीच उसकी शक्लोसूरत भी बदलने लगती है। वह एकाकी हो या लोगों के बीच, उसे लगता है कि वह शक्लविहीन हो गया है। ग़ौर से देखें, तो अकहानी का स्पर्श इस तरह की रचनाओं में है।

वर्तमान से अचानक वह कहानी अकबर के दरबार में चल देती है। आज के दफ़्तर का यह बाबू चरित्र शहंशाह अकबर के दरबार में है। यह एक ऐसा व्यक्तित्वहीन चरित्र है कि ऊलजुलूल सोचता रहता है। यह स्थिति भी उसके दिमाग़ की ही उपज है। बीरबल का संवाद यहाँ वर्तमान का पोस्टमार्टम करते हुए कमलकान्त को भी एक्सपोज़ करता है। जैसे ही कथा यथार्थ में लौटती है, वर्तमान दफ़्तर लौट आता है। तभी कथा का नायक महसूस करता है कि कल्पना में ही उसे अपना पीर, बावर्ची, भिश्ती, खरवाला रूप नज़र आ रहा था।

यह दरअसल, व्यक्तित्वहीन व बौने होते जा रहे लोगों का समय है। कहानी इन्सानी कमज़ोरी की तरफ़ संकेत करती है कि कैसे अधिकांश लोग समझौतापरस्त और अनुकूलित हुए जा रहे हैं। ऐसे में हमारी मूल पहचान ही नष्ट हुई जा रही है।

अनुभव जगत का विस्तार

अवधनारायण का कथाकार क़स्बे से नगर और नगर से महानगर पहुँचता है तो उसके अनुभव जगत में एक विस्तार होता दीखता है। यहाँ वह ऐसे मध्यवर्गीय चरित्रों से घिरा है जहाँ प्रेम की सम्भावना दूर-दूर तक नज़र नहीं आती। कहीं संयोग से ऐसा कोई संस्पर्श नज़र आता भी है तो लेखक उसे 'टूटी हुई बैसाखियाँ' सरीखी परिणित दे बैठता है। दरअसल इस कथा रचना का कथानायक भीतर से कुछ और बाहर से कुछ और ही है। उसे विक्की का पत्र मिलता है तो वह सोच में पड़ जाता है कि सड़े हुए रिश्तों और अपाहिज संस्कारों का व्यामोह वह नहीं पालता। सच पूछें, तो यह भी उसकी सोच का छल ही है। कहानी में उसका व्यवहार बहुत साफ़ यह ज़ाहिर करता है। उस विक्की से वह मिलना तो चाहता ही है जो कभी उसे चाहती रही है। लेकिन उसी की कमज़ोरियों के कारण उसे विवाह कहीं और ही करना पड़ गया।

कहानी के नायक मदन के ऊहापोह को व्यक्त करने वाली यह रचना अनावश्यक विस्तार से बचती है।

कहानी के अन्त में विचार यह आता है कि ठण्डे, मुर्दा सम्बन्धों को जबरन बनाये रखने वाली भावुकता का अन्त होना चाहिए।

अच्छी बात यह है कि यह विचार यह अपेक्षा लिए भी है कि पाठकों की सहभागिता में इसकी व्याख्या हो।

सवाल तो सामने यह भी है कि किसी ख़ास तरह के हालात में हमारी सोच सार्वजनीन भी हो सकती है! यदि यह बात सच है तो फिर कहानी में नायक का घर और बाहर का व्यवहार इस क़दर उखड़ा हुआ क्यों लगता है! कहानी यह संकेत करती है कि शताब्दियों से एक जैसा चला आ रहा सब कुछ कैसे एक क्षण विशेष में खण्ड-खण्ड हो बिखर जाता है!

मुम्बई सरीखे महानगर में छोटे होटलों में होने वाले अनुभवों को मुद्गल 'गन्धों के साये' (सारिका) जैसी कहानी में ख़ूबसूरती से सामने रखते हैं। विशिष्ट मध्यवर्गीय सोच, उसके बनने की प्रक्रिया और वायवी दुनिया इस रचना में सामने आती है।

कहानी में ग़ौरतलब है नायक की आत्मविश्वासहीनता। नायक यहाँ परेशान है गन्ध और उसके सायों से। यह परेशानी उसे अकेलेपन, घर की स्मृति और

मानसिक तनाव से और बढ़ जाती है। सेक्स की कुण्ठा और एकरसता जीवन से कैसे विचित्र मानसिक अभ्यास की स्थिति ही समाप्त कर देते हैं, यह कहानी स्पष्ट करती है।

यह कहानी बाहर की नहीं, व्यक्ति की भीतरी उथल-पुथल की है। नायक सोचता है कि आख़िर लोग घरों से भागकर शहरों की तरफ़ क्यों आ रहे हैं? उसका कोई भी विचार यहाँ सुस्थिर नहीं है। वह मन की तरह चलायमान है। इस कहानी में दृश्यों की कल्पनाएँ जैसे तैरते हुए फैंटेसी सृजित करती हैं। नायक यहाँ अनेक गन्धों के मध्य अपनी गन्ध व्याख्या में नागरिक-जीवन की असलियत खोलकर रख देता है। उसका कहना है–'मेरी गन्ध शायद किसी भी गन्ध को सह पाने के मेरे मानसिक अभ्यास की गन्ध है।'

उल्लेखनीय है कि यदि रात, अकेलापन और नायक की बेचैनी न होती तो गन्धों के साये पकड़ पाना मुमकिन न होता। अनावश्यक चमक पैदा न करती किन्तु तराशी हुई ज़बान यहाँ सब कुछ जस-का-तस पकड़ लेती है। कथा का चरित्र यहाँ अपनी कमज़ोरियों के साथ अपने मनोविज्ञान को खोलते हुए महानगरीय जीवन का अंग बन जाता है। ध्यान देने योग्य है कि मांसल प्रेम अवध के यहाँ अन्यत्र नहीं मिलता।

यह कहानी उसी समय लिखी गयी जब अधिकांश कहानीकार महानगर बोध से बँधे चल रहे थे। नयी कहानी और अकहानी के मध्य एक संघर्ष चल रहा था। कवि-कथाकार अवध भी सरलता से इस बयार में बह सकते थे। किन्तु उनमें एक क़स्बाई सोच भी मौजूद थी। सन् 1965 में प्रकाशित उनकी कहानी 'रिटायर अफ़सर' पढ़कर यह बात स्पष्ट अनुभव की जा सकती है।

इस कहानी के प्रमुख पात्र रिटायर अफ़सर की बदली हुई मानसिकता और स्थितियाँ देखने लायक हैं। बेहद सामान्य जीवन स्थितियाँ थी उसे असामान्य लगने लगी हैं। उसके पास बस शेष रह गयी हैं उसकी स्मृतियाँ। यह स्मृतियाँ उसे मिली हैं अपने अफ़सरी जीवन से। यही जीवन है जिसने उसकी मानसिक बुनावट तैयार की है। यह जीवन समाप्त हुआ और उसके लिए सब कुछ बदल गया। मूल सोच भले न बदले, लेकिन वह साथ हासिल करने के लिए दो कुत्ते पाल लेता है। कुत्ते, जिनसे वह अब तक नफ़रत करता आया था। ओहदे के कारण खुद को बड़ा शक्तिसम्पन्न समझने वाला यह आदमी रिटायर होने के

बाद अपने कुत्तों को ऐसी संज्ञा दे देता है कि उसका ख़ुद का शक्तिसम्पन्न होना ज़ाहिर हो सके। इसीलिए जब लोग उसे कुत्तों वाला साहब कहते हैं, तो वह ख़ुशी से भर उठता है। उसके अहं को तुष्ट करने वाला अन्य सम्मानजनक सम्बोधन भी उसे रिटायर हो जाने के बाद भी वह ख़ुद को साहब कहलाना पसन्द करता है। लेकिन कहानी की असल ख़ूबसूरती यह है कि वह उसके अहं को खोखला साबित करती है।

सच तो यह है कि अफ़सरी मानसिकता पर चोट पहुँचाने का कोई अवसर कथाकार चूकता नहीं है।

वह तो साफ़ कहता है कि रिटायर हुए उसे अभी सिर्फ़ दो साल हुए हैं। लेकिन इन दो सालों पर उसे इस क़दर ग़ुस्सा आया है कि अगर अफ़सरी के दिनों में आया होता तो ज़रूर किसी मातहत की नौकरी चली जाती। लेकिन ओहदे की ताक़त क्या छिनी, वह एक अबूझ क़िस्म की कुण्ठा से घिर गया है। उसमें चिड़चिड़ाहट और ग़ुस्सा बेवजह बढ़ने लगा है।

सबसे विचित्र बात तो यह है कि उसे अपने परिवार में कोई ऐसा इन्सान नज़र नहीं आता जिससे बातचीत भी की जा सके।

अब उसके पास एक ही रास्ता बचा है कि वह अपने कुत्तों के साथ बातचीत कर वक़्त गुज़ारा करे। उसके पड़ोस में ही एक रिटायर अफ़सर है, किन्तु उसके साथ भी वह सहज संवाद नहीं कर पाता। वह इतना दयनीय हो चला है कि उसका वक़्त काटे नहीं कट पा रहा है। अजीब एहसास तो यह है कि परिवार और समाज के लोग ही नहीं, बेजान वस्तुएँ भी उसे ख़ुद से दूरी बनाती लगने लगी हैं।

घर के लोग उसकी बातें सुनकर यह निष्कर्ष निकालते हैं कि वह हिल गया है। बीवी को उसमें पागलपन के संकेत नज़र आने लगे हैं। ऐसे में बेहद सहज पारिवारिक स्थितियाँ भी उसे असहज लगने लगी हैं। उसमें यह एहसास मरता जा रहा है कि घर-भर में बस वही एक फ़ालतू रह गया है। मनःस्थितियों को आधार बनाकर लिखी गयी 'रिटायर अफ़सर' उषा प्रियंवदा की कहानी 'वापसी' से एकदम हटकर है, यहाँ मुख्य पात्र स्वयं को अकारण फ़ालतू समझे जा रहा है। वह जीवन में सेवानिवृत्ति के बाद आये परिवर्तन को आसानी से स्वीकार ही नहीं कर पाता। उसे सुख मिलता है तो बस अफ़सरी जीवन की स्मृतियों से।

वह ख़यालों में उन्हीं में खो जाना चाहता है, किन्तु वर्तमान उसे परेशानी में डाल देता है। उसे ऐसा भान होता है कि अफ़सर रहने के दौरान उसकी पत्नी उससे अदब-तहज़ीब से पेश आती थी। अजीब बात यह है कि सदा परिवार के साथ रहा यह इन्सान पारिवारिक हो ही नहीं पाता। उसे तमाम चीज़ों से वितृष्णा हो गयी है क्योंकि सब कुछ उसके लिए बेमज़ा हो चुका है। हालत यहाँ आ पहुँची है कि उसे अख़बार पढ़ना तक बेमानी लगने लगा है। ऐसे में सेवानिवृत्ति उसके लिए किसी दण्ड से कम नहीं है। अपनी स्थितियों को वह ख़याली तौर पर इतना भयावह मान बैठा है कि उसे अब लगने लगा है कि ज़िन्दगी बेमतलब हो चली है। इस स्थिति तक हताशा में है कि वह यह अनुभव तक दोहराना नहीं चाहता कि उसने कभी अफ़सरी की भी है। अफ़सरी में जीता रहा यह इन्सान, अफ़सर न रहने पर महसूस करने लगा कि उसके होने का कोई अर्थ ही नहीं है। उसका मन होता है कि सो जाये, नहीं तो वह पागल ही हो जायेगा।

स्थूल दृश्य इस रचना में इतने नहीं, जितने विचार दृश्य। अपने ही विचारों में विवस्त्र होता यह पात्र जीवन का वह सच सामने रख देता है जिससे एक बड़ा यथार्थ खुलता है। और वह है—जो व्यक्ति जीवन में सहज इन्सान बनकर नहीं रह सकता। वह सहजता से जी भी नहीं पाता। वह कृत्रिम जीवन को ही अपनी वास्तविकता मान बैठता है। यह कृत्रिम जीवन उसे औपचारिकतावश मिला था। यही कारण है कि दफ़्तरी जीवन से मुक्त हो जाने पर भी वह मानसिक रूप से उसी से बँधा रहता है। ऐसे में उसकी कुढ़न, उसके संवाद, उसकी हरकतें उसकी मानसिक स्थिति को बड़े मनोवैज्ञानिक तरीक़े से उजागर करती हैं।

कहानी का यह अन्तर्मुखी पात्र अपनी कमज़ोरी के कारण ही कमज़ोर बना है। यह दयनीय स्थिति उसने स्वयं अर्जित की है। अफ़सरी ताम-झाम में वह इस क़दर धँसा रह गया है कि सहजता उससे दूर हो गयी है। उसकी पत्नी जबकि सहज प्रकृति की है।

अपने सधे हुए शिल्प और सजग भाषा से अवध इस कहानी को अत्यन्त प्रभावशाली बना गये हैं। कहानी बग़ैर शोर के यह सत्य सामने रखती है कि व्यर्थता बोध एक ओढ़ी हुई स्थिति है जिसे सतत सतर्क रहकर दूर किया जा सकता है। दिक़्क़त यह है कि यह पात्र समझ ही नहीं पाता कि वह करे तो क्या करे।

इस रचना का आख़िरी टुकड़ा ज़िन्दगी की सच्चाई से जुड़ा हुआ है। रिटायर अफ़सर क्या करेगा? क्या कर सकता है? क्या वह चड्ढा के यहाँ पार्टी में जायेगा?

यह ऐसी जिज्ञासाएँ हैं जो कहानी सम्पन्न हो जाने के बाद पाठक के ज़ेहन में फिर सिर उठाने लगती हैं।

स्वीकार करना ही होगा कि अपने दौर की यह एक बेहद यादगार रचना है। इसकी बारीक़ डिटेल्स चरित्र की भीतरी परतें उघाड़ती हैं।

कथानायक वास्तव में अपनी ज़िन्दगी से उकता चुका है। वह ख़ुश रहने का अभिनय-भर करता है। जो वह नहीं है, वही स्वयं को दिखाने की कोशिश करता है। उसकी दिनचर्या एक बौखलाये हुए इन्सान की डायरी लगती है। उसके लिए ज़िन्दगी की सबसे बुरी ख़बर यह एहसास है कि दफ़्तर ही नहीं, वह घर पर भी अफ़सर नहीं रहा। पत्नी जब उससे कहती है कि—'आज बेबी को तुम्हीं स्कूल छोड़ आओ, नौकर बहुत ज़रूरी काम कर रहा है।' तो वह इसे अभिधा में लेने की जगह व्यंजना में लेने लगता है। अपनी बेबस झुँझलाहट के बीच ऐसे में वह मन मसोसकर रह जाता है। जैसे उसमें प्रतिक्रिया व्यक्त करने की शक्ति भी न रही हो।

इस दौर के मध्यवर्गीय नायकों का यह प्रतिनिधि चरित्र है।

उपन्यास को कहानी का रूप : 'शताब्दियों के बीच'

थीम के स्तर पर एक बड़ी कहानी लिखी है अवध ने 'शताब्दियों के बीच' जो अनुदित होकर इंडियन लिटरेचर में छपकर अंग्रज़ी के पाठकों द्वार ख़ूब सराही गयी।

अनेक रचनाकार कहानी को उपन्यास का रूप दे डालते हैं, किन्तु इस कथाकार ने उपन्यास को ही कहानी का रूप दे डाला।

सच यह है कि अवध 'शताब्दियों के बीच' नाम से एक उपन्यास ही लिखना चाहते थे किन्तु जब वह ऐसा न कर सके तो उसे कुछ परिवर्तित करते हुए कहानी बना दिया। उनकी मंशा थी कि इतिहास और कालबोध के धरातल पर सड़क, गलियारे, हाट-बाज़ार से प्रारम्भ कहानी की स्थितियों को दफ़्तर तक ले आते। कहानी में इसके बाद होता घर-परिवार और फिर कथा उतर जाती स्वयं के भीतर। रचनाकार देखना यह चाहता था कि इन चारों स्थानों व स्थितियों

में इन्सान एक ही दिन में कितनी शताब्दियों के बीच से गुज़रता है। इस थीम पर यह कहानी बनी तो इसमें दृश्यों का विशेष महत्त्व था। संवादों के बीच यहाँ खुलते जाते हैं मनःस्थितियों के रूप। इन्सान के चेहरे के भीतर कई चेहरे खुलते रहते हैं। परिवार का मुखिया यहाँ पूरे परिवार को ही शताब्दियों के बीच बँटा महसूस करता है। सोचता है, वह किस शताब्दी का है और पत्नी किस शताब्दी की। अपनी माँ और बच्चों को वह किसी और शताब्दी का पाता है।

यहाँ सन् 1964 का पहला दृश्य है ऑफ़िस से घर लौटने का। भूल जाने पर यहाँ हैं सॉरी से उत्पन्न तनाव। इसके बाद है उसे रिलीज़ करने वाला सड़क पर देहातियों का दृश्य। इस दृश्य से उपजती है हँसी। ऐसे में कथानायक अपने भीतर प्री-हिस्ट्री के दौर में जा पहुँचता है। ऐसा वह महज़ एक झटके में कर जाता है।

वह सोचता है कि इन्सान ने आख़िर समय को खण्डित करके स्वीकार ही क्यों किया? वह खण्डित भूगोल, समय, व्यक्तित्व और सोच पर सवाल खड़ा करते हुए वर्तमान से अतीत और अतीत से वर्तमान में कथा की आवाजाही कराने लगता है। अपने स्तर पर वह ग़रीबी, भूख, भुखमरी, आर्थिक तनाव आदि के कारणों पर फ़ोकस करती हुई यह कहानी स्त्री की स्थिति पर भी विचार करती है। उसकी नज़र में यह स्थिति ही है जो स्त्री को एक वस्तु में परिवर्तित किये हुए है।

यहाँ किसी त्वरित गति वाली फ़िल्म के स्मार्ट दृश्यों की तरह दृश्य बदलते हैं। बदल जाते हैं किन्तु अपना सिलसिला बरकरार रखते हैं। कथा के बीज सूत्र में ये दृश्य परस्पर बँधे हुए हैं। यह कहानी का सर्वथा नया ही रूप है। यहाँ सड़क पर गुज़रती बुरकेवालियों को देख नायक पिछली शताब्दियों में पहुँच जाता है। घर पर पेटीकोट के ऊपर ढीली-ढाली कुर्ती पहने हुए माँ को देख उसे याद हो आती है सत्रहवीं-अठारहवीं शताब्दी। सच बात तो यह है कि इस कहानी का नायक अपने अध्ययन से इतना प्रभावित है कि इन्सान को वह शताब्दियों के रूप में देखने पर विवश हो जाता है। इसके लिए उसके पास हैं स्थितियों के तर्क। यहाँ दृश्य हैं और है उनकी समीचीन समीक्षा। तार-तार होते यथार्थ हैं और हैं एक-दूसरे में प्रवेश करती कई शताब्दियाँ। नायक की सार्थक सोच यह है कि हमें साथ देना चाहिए समय का। नयी पीढ़ी हो, नया ज़माना

हो या फिर नयी हवा, उससे मुँह मोड़ लेना ठीक नहीं। समय की रफ़्तार ही है जो कथानायक को यह आभास कराती है कि बीसवीं शताब्दी में ही इक्कीसवीं शताब्दी की धमक सुनने में आ रही है।

समय, समाज, दफ़्तर, घर और ख़ुद अपने आपको भी शताब्दियों की तुला पर तोलता यह विचार-नायक नींद में जा पहुँचता है—आदिम युग में। वर्तमान है कि बारम्बार उसे यथार्थ की धरती पर खींच लाता है। ऐसे में वह उसी क्षण को जी लेना चाहता है जो उसके सामने है।

यह कथा में चल रही सभ्यता समीक्षा है।

अन्तराल और रचना

अवधनारायण मुद्‍गल का कहानीकार बार-बार अन्तरालों से गुज़रा है। क़रीबन पाँच वर्ष के अन्तराल में आठवें दशक के प्रारम्भिक दौर में अवध ने कहानी लिखना प्रारम्भ किया तो 'सम्पाती', 'चक्रवात' और 'कबन्ध' सरीखी रचनाएँ सामने आयीं। ग़ौरतलब है कि यहाँ भी मध्यवर्ग का आधार उनके साथ रहा। 1971 में लिखी गयी 'सम्पाती' में कथाकार ने मिथकीय प्रतीक को लेकर रचना की। पहले भी इस बात को रेखांकित किया है मैंने और फिर करना चाहती हूँ कि इन रचनाओं में वह असमर्थ महत्त्वाकांक्षाओं के नतीजे के रूप में मध्यवर्ग को रखता है। सन् 1972 में 'कबन्ध' और फिर सन् 1974 में 'चक्रवात' की रचना हुई।

'कबन्ध' पाठकों के लिए एक आकर्षित करने वाली रचना है। नया आस्वाद निर्मित करती। किन्तु 'कबन्ध' यहाँ कोई राक्षस पात्र नहीं है। वह दफ़्तर में काम करने वाला मामूली-सा एक बाबू है। इसे कहानीकार एक निस्सहाय बेचारे पात्र के रूप में कथा में विन्यस्त करते हुए बताता है कि उसका धड़ समूचे कार्य करता है, बस अपने सिर से वह काम नहीं ले पाता। शायद, समूची व्यवस्था में उसके सिर की कोई अपरिहार्यता नहीं है। कबन्ध की शुरुआत बड़े विचित्र ढंग से होती है—"वह महसूस करता है कि वह कुछ है, लेकिन क्या है, यह अभी तक निश्चित नहीं कर सका है। उसे लगता है कि शायद कभी-कभी वह आदमी होता है, लेकिन हमेशा आदमी नहीं है। फिर हमेशा क्या है? बस, यहीं आकर वह उलझकर रह जाता है। और तब उसे कभी-कभी ख़ुद पर भी शक़ होने लगता है।

यह ऐसा चरित्र है जिसकी आँख, कान, नाक, मुँह और मस्तिष्क सब है, लेकिन उम्मीद यह है कि वह इनका इस्तेमाल नहीं करेगा। इस्तेमाल करने के लिए उसके पास है केवल धड़। वह हाथों से काम करते हुए दिल की धड़कन तो अनुभव कर सकता है, अपना पेट भर सकता है, चल-फिर सकता है, सेक्स कर सकता है, पर इससे ज़्यादा और कुछ नहीं। उसकी बेचारगी का आलम यह है कि वह बेनाम है। वह दरअसल 'वह' है। ऑफ़िस क्या, उसकी स्थिति तो घर पर भी निरीह बनी रहती है। कोई उसे कुछ समझने लगे तो वह अच्छा महसूस करता है। भले ही समझने वाला उसे कुछ भी क्यों न समझता रहे।

दरअसल, यह है एक बनी-बनायी व्यवस्था। इस व्यवस्था में उसे बस संचालित होते चले जाना है। उसकी भयातुरता ऐसी है कि दफ़्तर में बॉस और घर पर बॉस के सम्मुख उसकी घिग्घी बँध जाती है। ऑफ़िस का दरबान भी उसे डराने की चीज़ बन गया है। कारण है कि वह उससे लिया हुआ उधार चुका नहीं पाया है।

अपनी बेचारगी भरी अदाओं से यह चेहराविहीन चरित्र कबन्ध में परिवर्तित हो जाता है। सीमित ढर्रे में बँधा हुआ वह एक तरह से कोल्हू के बैल की तरह हो जाता है। यही भूलने लगता है कि वह इन्सान भी है। स्थिति यहाँ तक आ पहुँचती है कि ऑफ़िस में बैठा-बैठा वह अपने ही बारे में टाइप करने लगता है—'...मैं अहमक हूँ, कि मुझे दिखाई नहीं देता...कि मैं सोच नहीं सकता...कि समझ नहीं सकता ...कि अक्ल के नाम पर लट्ठ हूँ...मैं आदमी नहीं हूँ... ।'

टाइप हुई इस इबारत पर उसका ध्यान तब जाता है जब ऑफ़िस के साथी उस पर हँसने लगते हैं। ऐसे में वह टाइपराइटर पर से काग़ज़ निकालकर फाड़ देता है।

'कबन्ध' कहानी बहुत आगे की बात कहती है। यह ऐसी व्यवस्था का समय है जिसमें अधिकांश लोग कबन्ध ही बन सकते हैं।

'चक्रवात' कुछ अलग मिज़ाज की लम्बी कहानी है जिस में अनाथ बच्चों की समस्याएँ हैं। ईसाई समाज के रीति-रिवाज हैं। मिशनरी के सामाजिक कार्य हैं। ये स्थितियाँ किसी भी समाज में सम्भव हैं। परिस्थितियाँ व परिवेश ही इनके लिए उत्तरदायी हैं। मिस्टर कोटियन कहीं भी किसी भी समाज में हो सकते हैं।

अवधनारायण मुद्‌गल की विशेषता यह है कि वह संगत में तो अमृतलाल नागर और यशपाल सरीखे कथाकारों की रहे, किन्तु उन पर हू-ब-हू रंग किसी का भी न चढ़ा।

सन् 1960 के बाद की उनकी अधिकांश रचनाएँ ख़ास क़िस्म की बेचैनी लिए हुए हैं। वह अपने समाज, समय और व्यक्ति के भीतर-बाहर की हलचलों और मनोद्वन्द्व को गहरी सर्जना के साथ समझने की कोशिश करती हैं। सन् 1975 के बाद की उनकी रचनाएँ एक तरह से कथा रिपोर्ताज़ हैं। इनमें 'एक एहसास शताब्दियों पहले का', 'अँधेरे से अँधेरे तक', 'आतंक के बीच उभरती शक्लें', 'राजनीति की शवयात्रा', 'परिवर्तनवादियों के बीच', 'अन्धे सूरज का अनुशासन' और 'जून की एक शाम' उल्लेखनीय हैं। कहते हुए अपराध-बोध से मुक्त नहीं हो पा रही हूँ कि कतिपय कामकाजी दबावों से बचे रहते तो अवध हिन्दी कहानी में एक क्लासिक पहचान अवश्य बन जाते। हालाँकि विशिष्टताओं के चलते उनकी रचनात्मकता का मूल्यांकन जिस दृष्टि से हिन्दी आलोचना में मूल्यांकन की माँग करता है, उस पर ग़ौर किया जाना ज़रूरी लगता है। यह भी सर्वविदित है कि अवधनारायण मुद्‌गल ने अपने कुछेक समकालीनों की तरह अपनी रचनात्मकता की पक्षधरता में कोई हवा नहीं चलायी। जबकि उनके लिए ऐसा कर पाना कोई मुश्किल काम नहीं था। पत्रिका के रूप में उनके पास हमेशा एक सशक्त मंच मौजूद रहा। लेकिन उसका उपयोग उन्होंने अपनी सर्जनात्मकता को रेखांकित करने की बजाय हिन्दी साहित्य की युवा पीढ़ी को खड़ा करने में किया। 'सारिका' में 'आते हुए लोग', 'पीढ़ियाँ आमने-सामने' आदि के माध्यम से।

उस दबाव को 'एक फर्लांग का सफ़रनामा' की रचनाओं में भी महसूस किया जा सकता है। यहाँ कथा के सूत्र तो बाक़ायदा हैं, किन्तु उनका विकास नहीं हो सका। इसका कारण लेखन में आ खड़े होने वाला अन्तराल भी हो सकता है।

लघुकथाओं में नया रूप

लघुकथाओं को पुनर्जीवन प्रदान करने में 'सारिका' जैसी कथा-पत्रिका की ऐतिहासिक भूमिका से इनकार नहीं किया जा सकता। 'सारिका' के सम्पादक

के रूप में कमलेश्वर और अवधनारायण मुद्गल ने 'सारिका' के लघुकथा विशेषांक निकालकर लघु-कथाकारों को लघु होने की कुण्ठा से बाहर लाने की बड़ी कोशिश की। दोनों सम्पादकों ने लघु-कथाकारों के नाम मुखपृष्ठ पर प्रकाशित कर उन्हें वह सम्मान प्रदान किया जिसके वह हक़दार थे। उनके इन प्रयासों की ही परिणिति थी कि लघुकथा को पाठ्यक्रमों में शामिल किया गया। एन.सी.ई.आर.टी. की पहल इस दिशा में स्वागत योग्य रही।

लघुकथा का वर्तमान परिदृश्य बहुत आश्वस्तकारी है। किन्तु एक समय था कि संजीदा रचनाकार इससे बचा करते थे। अवधनारायण मुद्गल ने न केवल स्वयं लघुकथाएँ लिखीं, वे इस विधा के आलोचना पक्ष से भी जुड़े।

उनकी प्रमुख लघुकथाएँ हैं—'पीले पत्ते : मुरझाये गुलाबों की गन्ध', 'कुतुब की छत से', 'सिसीपस', 'प्रमथ्यु', 'सावित्री नम्बर तीन' और 'जंगल'।

अपनी पहली लघुकथा 'पीले पत्ते : मुरझाये गुलाबों की गन्ध' में वह अस्पताल के बिस्तर पर लेटे सुधीर की मनःस्थिति को समझने की कोशिश करते हैं और यह परखते हैं कि कोमल स्पर्श संवेदना के तन्तुओं को कैसे जगा देता है। जबकि जिस नर्स के लिए मरीज़ से मिलना रोज़ का काम है। उसे इसकी कोई अनुभूति नहीं होती।

'कुतुब की छत से' में विवश बेटे की लाचारगी और आत्मालोचना है। उसे अपनी ज़िन्दगी एक तीखी कड़वाहट प्रतीत होती है। अपराध-बोध यह है कि वह माँ से मिलने नहीं जा पाया और वह दिवंगत हो गयी। 'सिसीपस' का मुख्य पात्र एक टाइपिस्ट है। वह अपनी एकरस दफ़्तरी ज़िन्दगी से आजिज़ आ गया है। सोचता है कि कब ख़त्म होगा यह सिलसिला? उधर 'प्रमथ्यु' में भी एक बँधी-बँधायी ज़िन्दगी जीने की विवशता को ढो रहा पात्र है। वह अपने विरोधी परिवेश में अपना शोषण होता देखने का आदी हो चला है क्योंकि उसे अब कुछ महसूस ही नहीं होता।

'सावित्री नम्बर तीन' में वह व्यवस्था बेनक़ाब होती है जिसे हमारी सफ़रक्षा के लिए बनाया गया है।

कैसे शहर अपनी मानसिकता में एक जंगल में तब्दील हो रहा है। यह छोटी-सी लघुकथा 'जंगल' में अपनी अव्यक्त चिन्ताओं के साथ व्यक्त हो पूरी प्रहारात्मकता के साथ मनस् को झिंझोड़ती है। यहाँ हर किसी को अपनी पड़ी है।

कोई मरता है तो मरता रहे। संवेदनाशून्य समाज का पोस्टमार्टम करती यह लघुकथा अविस्मरणीय बन पड़ी है।

आलोचकों की नज़र में

युवा रचनाकार और आलोचक हरे प्रकाश उपाध्याय का कहना है कि 'नयी कहानी और अकहानी के बीच के संघर्ष का वह दौर था जब मुद्गल जी की महत्त्वपूर्ण कहानियाँ प्रकाश में आयीं जिनमें महानगरीय जीवन की जगह क़स्बों के जीवन की छायाएँ अधिक हैं। जबकि महानगरीय बोध व समाज उस समय हिन्दी कहानी पर हावी हो रहा था। अवधनारायण मुद्गल की कहानियों के पात्र प्रायः अपने अहं व सामन्ती संस्कार के कारण अपने वास्तविक यथार्थ को स्वीकार करने की जगह एक बनाये हुए व्यामोह या महत्त्वाकांक्षा में फँसते चले जाते हैं। अपने अतीत व अहंकार से चिपके रहते हैं। इस तरह वे सामन्ती जीवन-शैली व मनुष्य की प्रदर्शनप्रियता, कुण्ठा के खोखलेपन को सामने लाते हैं। किस तरह की सामन्ती मानसिकता शहरी मध्यवर्गीय लोगों में पायी जाती है, इसे उन्होंने ख़ूब पहचाना। उनकी मजबूरी, आत्मविश्वासहीनता, कायरता को भी पहचाना।

अवधनारायण मुद्गल ने स्मृतियों के आधार पर कम लिखा। बल्कि वे वर्तमान अनुभवों के आधार पर लिखते रहे। वे एक गाँव से आये थे, पर उनके यहाँ ग्रामीण समाज की कहानियाँ नहीं हैं। उनकी कहानियों का समाज शहरी मध्यवर्गीय समाज है। महेश दर्पण ने बहुत सही पकड़ा है–'लेखक के जीवन से परिचित कोई भी व्यक्ति हैरान हो सकता है कि इन कहानियों में किसान जीवन सिरे से नदारद है। नॉस्टेल्जिया का कहीं नाम तक नहीं आता। और तो और लेखक का अपना उदास कैशोर्य भी याद नहीं आता। वह पूरी तरह से अपने वर्तमान का रचनाकार है। उसे मध्यवर्गीय कथा स्थितियाँ ही प्रभावित करती हैं। इनमें भी चरित्र ही प्रमुख हैं।'

हरे प्रकाश कहते हैं–'मुद्गल जी के लेखन में गैप बहुत है। जैसे बीच-बीच में उनके लेखन की गाड़ी ट्रैक से उतर जा रही हो। इसके जो भी कारण रहे हों, पर इस स्थिति ने व्यक्तित्व का बहुत नुक़सान किया है। निश्चित तौर पर यह लेखकीय आलस्य से अलग कोई और मामला है। किसी एक विधा पर

केन्द्रित न हो पाना भी उनके लेखकीय व्यक्तित्व का बड़ा संकट है। अपनी स्मृतियों से वह जिस तरह लेखन में बने हैं, वह भी हैरान करने वाली चीज़ है।'

कथाकार और समालोचक महेश दर्पण ने कहा है—'यह एक ग़ौर करने वाली बात है कि आपात्काल के बाद मुद्गल जी की रचनाओं में व्यंग्य ही अधिक है। इनमें 'एक एहसास शताब्दियों पहले', 'जून की एक शाम', 'आतंक के बीच उभरती शक्लें' पढ़कर अन्दाज़ा हो जाता है कि बात को वह अपने ही लहजे में कहने में यक़ीन रखते थे। अनेक विचारपरक लेखों में जहाँ वह भविष्य की फ़िक्र करते नज़र आते हैं, वहीं उनके संस्मरण व्यक्ति को भीतर से पहचानने की कोशिश हैं। इस सबके बावजूद, एक साहित्यिक पत्रिका में उम्र गुज़ार देने का एक मतलब यह भी है कि आप अपने रचनाकार को दबाकर दूसरों की रचनाएँ सम्पादित करने और पढ़ने में अधिकाधिक वक़्त गुज़ार दें। अवधनारायण मुद्गल भी इसी तरह समर्पित रहे।'

अवधनारायण मुद्गल : व्यक्तित्व

सामान्य कृषक परिवार से आये अवधनारायण मुद्गल को प्रारम्भ से ही विपरीत स्थितियों का सामना करना पड़ा। प्रारम्भ में वह बेहद भावुक क़िस्म के किशोर अवश्य थे, किन्तु धीरे-धीरे वह भावुकता से मुक्त होते चले गये। मुक्त होने की छटपटाहट ने ही सम्भव है उन्हें भावुकता के खोल से बाहर निकलने के लिए विवश किया हो। अनेक बार उनकी मनःस्थितियों को खोदने, कुरेदने के मेरे प्रयास को उन्होंने यह कहकर टालने की कोशिश की, कि जिन स्थितियों और दबावों का मक़सद ही आपको घेरकर अपने मुताबिक़ जीने के लिए बाध्य करने का हो, उन्हें स्वीकार करने का अर्थ होता, मैं वह होता जो वह चाहते थे, वह नहीं जिस रूप में मैं स्वयं को गढ़ना और देखना चाहता था। जहाँ तक साहित्यिक माहौल का प्रश्न है, वह परिवार में दूर-दूर तक कहीं नहीं था।

उनके घर से निकलकर हुए संघर्ष के विषय में परिचय खण्ड में ही बहुत कुछ बताया जा चुका है। यहाँ हमें उनके व्यक्तित्व के उन पक्षों को देखना है जहाँ वह एक प्रेमी, पति, पिता, पारिवारिक, कार्यक्षेत्र के सहयोगी, सामाजिक, साहित्यकार-पत्रकार व सम्पादक के रूप में सामने आते हैं। उनकी योग्यता व प्रतिभा की पहचान करते हुए उनकी चारित्रिक विशेषताओं का आकलन करना है।

...निस्संग होने की मेरी कोशिश कितनी सफल होती है, स्वयं को आजमाना चाहती हूँ! जानती हूँ, कितना कठिन है मेरे लिए अवध पर लिखना। लेकिन चुनौती तो स्वीकार कर चुकी हूँ। यह चुनौती लेखक और लेखक के बीच की चुनौती है...

पति के रूप में

मुम्बई पहुँचकर अवधनारायण मुद्गल चित्रा ठाकुर के सम्पर्क में आये जो एक उभरती कथाकार और सोशल एक्टिविस्ट थीं। चित्रा ठाकुर अर्थात् मैं, उनसे ऐसा गहरा लगाव हुआ कि हमने विवाह का निश्चय कर लिया। इसके बाद कुछ दिन कैसे गुज़रे, उन संघर्षमय दिनों के पृष्ठों को आपसे पहले ही साझा किया जा चुका है।

स्वीकार करना चाहूँगी, एक पति के रूप में अवध बेजोड़ इन्सान थे। मुम्बई से दिल्ली चले जाने पर भी उन्हें हरदम परिवार की चिन्ता रहती थी। यह बात दिल्ली से लिखे उनके अनेक पत्र ज़ाहिर करते हैं। पति के रूप में जब वह पत्र लिखना चाहते, तो इतने विकल रहते कि उन्हें जो काग़ज़ हाथ लगता, उसी पर लिख डालते। कभी महेश दर्पण तो कभी महावीर प्रसाद जैन का लेटर हैड इस्तेमाल करने से न चूकते। ये लोग अवध के साथ दिल्ली में उनकी पहली रिहाइश ए-1/242 ए, लॉरेंस रोड, नयी दिल्ली-35 में ही रहा करते थे। मेरे लिए उनके पत्रों में सम्बोधन 'प्रिय चित्तुल' होता था। हमारी मुलाक़ातों के कुछ महीनोपरान्त वे 'चित्राजी' से चित्तुल पुकारने लगे थे। उनके पत्रों का पाठ डायरी की शक्ल में हुआ करता। छोटी-छोटी सी बात भी वह पत्र में लिखना न भूलते कि कब उन्होंने टी.एम.ओ. भेजा। कब ड्राफ़्ट रवाना किया। अब तक क्यों नहीं मिला? उनके कन्धे का दर्द बढ़ गया है। अपने हाथ से आयोडैक्स रोज़ रात मल लेते हैं। दर्द जाने का नाम नहीं ले रहा। मेरे आने का इन्तज़ार कर रहा है। कई कमीज़ों के बटन टूट गये हैं। तुम्हारे सिखाने के बावजूद सूई में धागा नहीं पिरो पाता। गर्मियाँ शुरू हो चुकी हैं दिल्ली में। तुम्हारे आने की तारीख़ सुनिश्चित होते ही भाड़े पर कूलर की व्यवस्था कर लूँगा। इस गर्मी में बच्चे आराम से सो नहीं पायेंगे। बिट्टू तो क़तई नहीं।

मेरे पत्रों की प्रतीक्षा वह बेसब्री से करते। उलाहना देते—'अभी तुम्हारा सिर्फ़ एक पत्र मिला है और उसी पत्र में दूसरे का आश्वासन, जो अभी पूरा नहीं हुआ है। किस पोस्ट बॉक्स में डाला था या पर्स में पड़ा हुआ है?

चित्तुल, तुम्हारे पत्र के इन्तज़ार में मेरे दिन का चैन और रात की नींद हराम हो गयी है। कोई किताब पढ़ते-पढ़ते भी मेरी पलकों को थकाकर

उनींदा नहीं कर पाती। कुछ तो इलाज करो। प्रतिदिन पत्र लिखने के वादे का क्या हुआ!'

अपनी हर ख़ुशी पत्र में वह मुझसे बाँटा करते। पत्र मिलने पर उनकी ख़ुशी इस तरह ज़ाहिर होती—'अकेले कमरे में मैं हूँ और तुम्हारी यादें हैं। आज तुमसे मिल पाने का मन बार-बार हो रहा है। तुम्हारा पत्र पाकर यही लग रहा है जैसे तुम्हीं मिल गयीं। सच,...अकेले रहना बड़ा कष्टकारक है। तुम्हारे आँचल की छाँव सारी थकन, सारी परेशानियाँ दूर कर देती है।'

मैं उन्हें अपने पत्र द्वारा मुम्बई की परेशानियों से अवगत कराती, तो वह मुझे ढाढस बँधाते। उनकी सहजता का आलम यह था कि एक ही अन्तर्देशीय पर एक ओर ख़ुद लिखते, दूसरी ओर, 'सारिका' के कार्यालय में उपस्थित किसी को यदि यह अनुमान हो जाता कि वह मुझे पत्र लिख रहे हैं, तो उसकी भी दो-चार लाइनें पत्र में मुझे उसी की लिखावट में पढ़ने को मिल जातीं। ऐसे ही पत्रों में श्रीकान्त शर्मा जो बाद में 'नवभारत टाइम्स' दिल्ली के क्राइम रिपोर्टर बने और जाने-माने कवि आलोचक डॉ. विनय का पत्र भी उनके पत्र में मिला।

पत्रों के लिफ़ाफ़े या अन्तर्देशीय पर पते के ऊपर वह Q.M.S. लिखना न भूलते। उन्हें लगता कि पत्र जितनी जल्दी पहुँच सके, पहुँच जाये। अवध के ठहरे स्वभाव की यह ख़ासियत थी कि मेरी नाराज़गी को वह बड़ी सहजता से ग्रहण करते। साफ़ लिखते—'तुम्हारी नाराज़गी से न मुझे कष्ट हुआ और न आश्चर्य। हाँ यदि तुम नाराज़ न होतीं तो मुझे अवश्य कष्ट होता। फिर तुम्हें मेरी स्थिति की ख़बर भी तो नहीं है। ख़ैर, हम लोगों की राज़ी-नाराज़गी भी प्यार का आधिक्य ही है।' साथ में अपनी आर्थिक स्थिति भी बता देते—'आज तनख़्वाह मिली है—तीन सौ अठासी रुपये उनतालीस पैसे। इस महीने उन्होंने 160 रुपये इनकम टैक्स काट लिया है। इतना पैसा मार्च तक कटता रहेगा।'

अपनी अस्वस्थता, परेशानी और बेचैनी के बीच भी अवध यह पूछना कभी न भूलते कि मेरा लेखन कैसा चल रहा है! उनके 'सारिका' के सहकर्मी भी उन पर जब-तब ज़ोर डालते कि वह मुझे पत्र लिखें। एक पत्र में अवध ने लिखा कि 'सुरेश अभी-अभी आया है और मुझे काम नहीं करने दे रहा।

कह रहा है कि पहले तुम्हें चिट्ठी लिखूँ। फिर कोई काम करूँ। ख़ैर, तो हम काम बन्द कर रहे हैं...'

दिल्ली में अकेलापन

अवध दिल्ली में ख़ुद तो अकेलापन महसूस करते ही, मुम्बई में मैं कैसे रह रही होऊँगी, यह कल्पना भी कर डालते। एक पत्र में लिखा—'मैं जानता हूँ, तुम कैसे रहती होगी—अपने-आपको अधिक-से-अधिक व्यस्त रखने की कोशिश करती होगी। मेरे पत्र का इन्तज़ार करती होगी। पत्र न मिलने पर मूड ख़राब करती होगी। और रात की तनहाई में मेरी यादों को सीने से लगाकर सो जाती होगी। ख़ैर, इतने दिन कट गये, ये 10 महीने भी कट जायेंगे। 81 में हम लोग साथ ही रहेंगे।' कभी बहुत कामकाज की बातें पत्र में लिख मारते, तो तुरन्त यह एहसास उन्हें हो जाता। फिर लिखते—'यह कारोबारी जैसा पत्र हो गया है। तुम्हारे घोर प्रेमी पति का पत्र अलग डाक से पहुँच रहा है।' मेरी व्यस्तता की भी उन्हें बड़ी चिन्ता रहती। लिखते—'तुम्हारे स्वास्थ्य, प्यार और मुस्कराहटों के सहारे ही मेरा घर-संसार और मेरी ख़ुशियाँ टिकी हुई हैं। तुम्हारे सहारे ही मैं काम करने का हौसला अपने अन्दर समेट पाता हूँ। इसलिए फॉर माई सेक स्वस्थ रहो।'

कभी कोई दिल्ली से आ रहा होता तो मेरी बतायी चीज़ें उसके हाथ पूरी ज़िम्मेदारी से भिजवा देते। उन दिनों मुम्बई में बासमती चावल पैंतीस रुपये किलो मिलता था और दिल्ली में सात रुपये। दरअसल, जब से बिट्टू ने बासमती चावल खाना शुरू किया, दूसरा कोई चावल उसे पसन्द ही न आता। वो अवध जिन्हें मुम्बई में आटे-दाल का भाव तक पता नहीं था वह बिटिया की ख़ातिर हरियाणा का पचरंगा अचार और बासमती चावल खारी बावली से मँगवाकर भिजवाते।

टाइम्स ऑफ़ इंडिया में सन् 1979 में जो हड़ताल हुई, उससे अवध की परेशानी बढ़नी स्वाभाविक थी।

एक पत्र में उन्होंने लिखा—'तुम्हें मुम्बई ऑफ़िस का तो पता ही होगा, वहाँ 11 जून से हड़ताल शुरू हो गयी जो पता नहीं कब तक चलेगी। दिल्ली में 13 जून से शुरू हो गयी है। बहुत-सी बातें उड़ रही हैं, इनमें एक लॉकआउट

की भी है। ...यदि लॉकआउट हो ही गया, मुम्बई आने के बारे में रमेश जी (साहू रमेशचन्द्र जैन) से बात करूँगा। किसी-न-किसी तरह इन्तज़ाम करके वहाँ चला आऊँगा।'

कभी अवध से फ़ोन पर बात न हो पाती तो वह भावुक हो आते। उनका गला भर आता—'तुम्हारी आवाज़ नहीं सुन पाया।' बाद में बताते कि घर लौटकर रोते रहे। कई रात ठीक से सो भी नहीं पाये। बार-बार कहते कि 'सिर्फ़ तुम्हारी हिम्मत और हौसलाअफ़ज़ाई से बचा हुआ हूँ। तुम और तुम्हारे प्यार पर मुझे खुद से कहीं ज़्यादा भरोसा है। और वह भरोसा पैंतालीस साल की उम्र में किसी भी क़ीमत पर खोना नहीं चाहता। चाहे वह क़ीमत मेरी ज़िन्दगी ही क्यों न हो...ज़िन्दगी में मेरा सबसे अनमोल हासिल तुम हो, सिर्फ़ तुम...।'

वह अक्सर अवकाश के दिन भी ऑफ़िस चले जाते ताकि मुझसे फ़ोन पर बात कर सकें। काम का जुनून कम नहीं था। विशेषांकों को प्रतिमान बनाने के लिए लगभग अपने को झोंक दिया था। इन दिनों (अर्थात् 1981) अवध का वज़न 86 किलो से घटकर 74 किलो रह गया था। थकन और तनाव ऊपर से समुचित देखभाल का अभाव! मैं बेबस। संघर्ष के दौरान कभी सोचा ही नहीं था कि हमें ऐसी स्थितियों का भी सामना करना पड़ेगा। कुछ हो नहीं सकता था। गर्मी की छुट्टियों में ही बच्चों समेत मैं दिल्ली आ पाती।

उनके लिखे पत्र उस समय की दिल्ली का हाल भी बयान करते हैं। सन् 1978 में राजधानी में आयी बाढ़ का जैसा हाल उन्होंने लिखा, वह कोई बड़ा पत्रकार भी नहीं लिख सकता। यह वह समय था जब अवध लॉरेंस रोड में रह रहे थे और मॉडल टाउन में छह-सात फ़ीट पानी भर गया था।...

पिछड़ता लेखन

दिल्ली पहुँचकर कार्यभार बढ़ जाने के कारण अवध अपने लेखन पर एकाग्र नहीं हो पा रहे थे। इस बात का उन्हें मलाल था। एक पत्र में उन्होंने लिखा था—'तुम्हारी शिकायत से इनकार नहीं लेकिन मुझे बताओ मैं अपने लिए समय कहाँ से लाऊँ? फ़िलहाल 'सारिका' का काम इतना बढ़ा हुआ है कि कोई और काम करने की शक्ति शेष नहीं रहती। फिर भी कुछ न कुछ तो कर ही रहा हूँ। एक-दो महीने तक इसी तरह सिलसिला और चलेगा, तब तक 'सारिका'

अपना निश्चित रूप ले लेगी। समय पर भी आ जायेगी। कुछ भी हो, मुझे अपने काम तेज़ी से निबटाने हैं और लेखन में जो सात साल पिछड़ गया हूँ, उस दूरी और पिछड़ेपन को भी आगामी चार महीनों में पूरा कर लेना है।'

इसी पत्र में उन्होंने मेरी कहानी 'बावजूद इसके' पर अपनी प्रतिक्रिया लिखी थी—'चित्तुल', क्या हो गया है तुम्हें! 'बावजूद इसके' अच्छी कहानी है। नन्दन जी ने उसकी प्रशंसा भी की है मुझसे। लेकिन लगता है कि वह तुमसे जितना समय चाहती थी, तुम नहीं दे पायीं। लखनऊ दूरदर्शन ने 'सारिका' से 'बावजूद इसके' पर टेलीफ़िल्म बनाने की अनुमति माँगी है। हमने उनसे कह दिया है। पत्रिका से अनुमति की ज़रूरत नहीं उन्हें। अनुमति तुमसे ही लेनी होगी।'

मेरी जो कहानी पसन्द आती उसकी ख़ूब प्रशंसा करते अवध। किन्तु उनके मानदण्ड बड़े ऊँचे थे। मुझसे उम्मीदें भी उन्हें बहुत थीं।

धीरे-धीरे दिल्ली अवध को रास आने लगी थी। उन्हें विश्वास था कि वह अपने लेखन के दम पर ही अपनी उन्नति के द्वार खोलेंगे। सन् 1980 के आसपास उन्हें अरविन्द कुमार जी से ऊँची तनख़्वाह का प्रस्ताव मिला। मुम्बई, दिल्ली, दो-दो घरों की ज़िम्मेदारी के चलते आर्थिक दबाव तो थे ही। एक पत्र में उन्होंने अपनी परेशानी लिखी थी कि—'अरविन्द कुमार का कई बार फ़ोन आया है। उन्होंने हिन्दी में शुरू होने जा रहे 'रीडर्स डाइजेस्ट' का सम्पादकत्व सँभाल लिया है। उन्हें सहायक सम्पादक की ज़रूरत है। यदि वह मुम्बई से निकलता तो शायद मैं प्रस्ताव पर विचार कर लेता। लेकिन दिल्ली में तो 'सारिका' ही ठीक है। यहाँ मेरी स्थिति भी अच्छी है और अधिकार, सम्मान भी ज़्यादा है। साहित्य मेरा जीवन है। आर्थिक पक्ष तो वहाँ मज़बूत है लेकिन वहाँ सिर्फ़ ट्रांसलेटर बनकर रह जाना पड़ेगा...फिर जैसी तुम राय दो।'

हमेशा मुझे लगता रहा है, संवेदनशील अवध की ज़िन्दगी में भावुकता के लिए कोई जगह नहीं है। इस बात की पुष्टि उनके संघर्षशील जीवन के अनेक मोड़ों पर आभासित होती रही है। लेकिन मेरी मान्यता को उन क्षणों के साक्ष्य ने झुठलाया है। परिवार से अलग होना अवध के लिए त्रासद हुआ करता।

...चलने से पूर्व राजधानी के डिब्बों का दरवाज़ा पाँच मिनट पहले बन्द कर दिया जाता। मेरे लगातार टोकने के बावजूद न अवध गोद में चढ़ी बिटिया बिट्टू को नीचे उतारते न टाँगों से चिपकाये बेटे गुड्डू को अपने से अलग

करते। उसी अवस्था में वे तनिक झुककर मेरे कन्धे पर सिर टिका देते। आख़िरी सीटी मुझे मजबूर कर देती। ठेलकर मैं अवध को अलग कर लगभग धकेलेते हुए डिब्बे की ओर ले जाती...।

बच्चों के साथ वापसी में लोकल ट्रेन में बैठी हुई सोचती, पारिवारिक बन्धनों और दबावों के सामने सिर न झुकाने वाले किशोर अवध, तीन-तीन दिन भूखे-प्यासे रहने के बावजूद घर छोड़ भाग लेने वाले युवा विद्रोही, अपने बनाये परिवार को छोड़ने के समय बच्चों-से सिसक पड़ते हैं—कौन-सा अवध सच है इनमें!

एक बार जब अवध दिल्ली लौट रहे थे, उस समय घर में तंगी थी। गाड़ी भी 'पश्चिम एक्सप्रेस'। खाना साथ में बाँध दिया था मैंने। चाय-पानी के लिए पचास रुपये उनकी जेब में रखकर तीस रुपये मैंने उनकी अटैची में रख दिये। पचास रुपये रास्ते में चाय और पान आदि में ख़र्च हो गये। दिल्ली स्टेशन से लॉरेंस रोड जाने के लिए उतरकर थ्री व्हीलर करना होगा। सोचा, अटैची खोलकर तीस रुपये निकाल लें। अटैची में सोमेन्द्र ने दो छोटे-छोटे ताले लगाये थे और चाबी एक ताले की दी थी। रास्ते में एक ताला तोड़ना पड़ा। ताला तो टूटा नहीं, उसका कुन्दा ही उखड़ गया। तीस रुपये भी उन्हें ढूँढ़े नहीं मिले। स्टेशन से उतरकर वह लॉरेंस रोड पैदल ही निकल दिये। हालाँकि बस पकड़ने लायक पैसे थे जेब में। मुझ पर ख़ूब झुँझलाये। अगले रोज़ अवध का जन्मदिन था। पहली मार्च को सर्कुलेशन की मीटिंग थी। रुक नहीं सकते थे। जन्मदिन 28-2-79 की रात पत्र लिखा मुझे—'तुम्हारी लापरवाही पर गुस्से से भरा बैठा हुआ हूँ। समय मेरे पैदा होने का हो रहा है। अब मैं पैदा हो रहा हूँ। और पैदा होते ही गुस्सा कैसे करने लगूँ!'

घर की बड़ी फ़िक्र रहती थी अवध को। मुझे समझाते हुए लिखते—'पैसे कम हैं। 1500 रुपये का ड्राफ़्ट भेज रहा हूँ। 800 रुपये सोसाइटी को दे देना मेंटिनेन्स के बकाये के मद में। 700 रुपये में घर ख़र्च चलने से रहा, जानता हूँ। पर तुम सँभाल लोगी, आश्वस्त हूँ।'

7/4/1978 के एक पत्र में अवध ने लिखा था—'परसों, पाँच तारीख़ को कमलेश्वर जी दिल्ली आये थे। उन्होंने फ़ोन करके मुझे होटल में बुलाया था। कल शाम को भी मैं उनसे मिला था। वे कह रहे थे कि 16 या 20 अप्रैल को

वे दिल्ली ऑफ़िस ज्वाइन कर लेंगे। उनके दिल्ली ऑफ़िस में आने से उनकी परेशानी तो बढ़ेंगी ही, 'सारिका' के बन्द होने का ख़तरा भी पैदा हो जायेगा। वे अपने निर्णय की पक्की सूचना 6 तारीख़ को मुम्बई पहुँचने के बाद एक या दो दिन में मुझे तार से दे देंगे। वे इस बात को एक हफ़्ते तक गुप्त रखना चाहते हैं। इसलिए तुम भी गुप्त ही रखना।'

यह सन्दर्भ इसलिए कि अवध मुझसे कुछ भी नहीं छुपाते थे। वह घर के लिए बहुत कुछ करना चाहते थे और न कर पाने पर आत्म-ग्लानि से भर जाते—'मुझे कुछ आत्मग्लानि-सी होने लगी है कि तुम लोगों के लिए कुछ भी नहीं कर पा रहा। कभी-कभी लगता है कि ऐसी नौकरी और ऐसी ज़िन्दगी का क्या फ़ायदा जो तुम लोगों से दूर दिन काटने के लिए मजबूर कर दे। क्या मेरी नियति यही है कि घर से कटे रहने का अभिशाप भोगता रहूँ।' (16/7/78 का पत्र)

प्रेमी के रूप में

अवध पति तो बाद में बने, मित्र, साथी, प्रेमी पहले थे। शुरुआत में सम्बन्धों में व्याप्त औपचारिकता की समाप्ति के बाद, बहुत दिनों तक यह समझना कठिन था कि हम प्रेमी-प्रेमिका हो गये। प्रेम में टूटे-फूटे हाथ में आये अवध ने भी कभी ऐसा आभास नहीं होने दिया कि हमारे सम्बन्ध कुछ और ही मोड़ मुड़ गये हैं। अक्सर तो उनकी असुहाती खरी बातें सुनकर ऊपरी तौर पर सहज रहने की कोशिश करने पर भी, भीतर उपजी खिन्नता को मैं घुटक नहीं पाती। मेरे तईं उन्हें यह लगता था कि मेरे प्रोफ़ेसर मेरी प्रतिभा को कुछ ज़्यादा ही बढ़ा-चढ़ाकर आँकते हैं। विशेष रूप से उनके मित्र मेरे गुरु प्रोफ़ेसर अनन्तराम त्रिपाठी। कहते—'अन्धों में काना राजा होता है लेकिन ख़तरनाक बात यह है, तुम अपनी छोटी-मोटी जीतों को बड़ी उपलब्धि के रूप में देखती हो। जो हैं नहीं। व्यक्ति का विकास यहीं अवरुद्ध हो जाता है। तुम्हें जितना समय पढ़ाई और साहित्य के पठन-पाठन में लगाना चाहिए, ख़र्च कर देती हो तुम उसे सामाजिक उलझावों में उलझकर। कारण तुम्हारे अपर्याप्त हैं। घर के बन्धन और दबाव किसके ऊपर नहीं होते? तुम तो ग़लत की बेड़ियों को नकारने ही नहीं, उन्हें तोड़ने वालों में से हो!'

चीज़ें बदल रही हैं, अनायास। कुछ अरसे बाद महसूस होने लगा था। मुम्बई में रहते हुए अगर मैं व्यस्त हूँ, चाहकर भी मिलने का समय नहीं जुगाड़ कर पा रही हूँ, तो अवध अधीर हो उठते। गम्भीरता का बाना उनके कन्धों से सरकने लगता। फ़ोन करते। बात करते-करते अचानक फ़ोन कट जाता तो हताश हो पत्र लिखने बैठ जाते—'लाइन मिलाने में आधा घण्टा लगा रहा लेकिन सब इल्ले-इल्ले। लाख कोशिशों के बावजूद दो प्यारे, मीठे बोल फिर न सुन पाया। विचित्र है, या हूँ मैं। सोचता हूँ तो हँसी आती है। मिलते हैं तो हमारा सारा समय बहस करने में बीत जाता है और मैं सोचने लगता हूँ, बेहिसाब तर्क करने वाली लड़की से कोई मोहब्बत कैसे कर सकता है! गीले घावों को यह सूखने ही नहीं देती! लेकिन दूर होते ही वही लड़की इस क़दर बेचैन करने लगती है कि समझ ही नहीं पाता कि आख़िर मैं चाहता क्या हूँ?

शायद...मैं उस लड़की को बताना चाहता हूँ। दरअसल, प्यार इतनी गहरी और सूक्ष्म चीज़ है कि उसे महसूस करने के अर्थ तो दिये जा सकते हैं लेकिन शब्द नहीं दिये जा सकते। आदम से लेकर अवध तक कोई भी प्रेमी इसे अर्थ तो दे सका लेकिन शब्द नहीं दे सका। प्रेमिकाओं में हव्वा से चित्रा तक भी नहीं। लड़की,...तो सुनो, मैं तुमसे कुछ कहना चाहता हूँ। शायद मैं तुमसे कहना चाहता हूँ, मैं ज़िन्दगी को जीना चाहता हूँ। अपनी ही आँखों के खारे आँसुओं में मैं जिसे डुबोकर भूल गया था कि वह मेरी भी कुछ लगती है! मैं उसकी धुँधली हो आयी लिखावट को तुम्हारे प्यार से हरिया देना चाहता हूँ। तुम्हारा प्यार मेरे ज़िन्दा रहने की पहली शर्त है। यही शर्त मेरी ताक़त बन रही है। प्यार मोची की दुकान नहीं है कि एक जूता पहनो, दूसरा बदल लो और तीसरा मरम्मत करा लो। यह सिर्फ़ धड़कन है जो एक दिल से दूसरे दिल तक धड़कती है। और सिर्फ़ उसी सीमा में धड़कती चली जाती है। यह तुम्हारे दिल से मेरे दिल तक धड़क रही है। खुदा इसे मुसल्सल बरकारार रखे।' (7/8/1964)

अवध रचनाकार तो थे ही, एक प्रेमी के रूप में जब पत्र लिखते, तो उनकी भाषा में लखनऊ की बयार आ समाती—'11 जुलाई को आपके गुलाम ने एक बेहद प्यारे और लम्बे पत्र में अपना दिल टाँककर भेजा था। लगता है हुज़ूर ने क़बूल नहीं फ़रमाया, पैरों तले कुचल दिया। देखिए, कहीं पैरों में चोट तो नहीं आ गयी! कमबख़्त बड़ा सख़्त दिल था। ज़रूर आयी होगी, तभी हुज़ूर

पोस्ट ऑफ़िस जाकर एक कार्ड भी ख़रीदकर नहीं डाल सके। पूरे बीस दिन हो गये गोया बीस बरस हो गये, हो सकता है बीस शताब्दियाँ ही हो गयी हों..., (31/7/80) और जब मेरा पत्र उन्हें मिल जाता तो विभोर हो उठते—'प्रिय चित्तुल, तुम्हारे प्यार की और साँसों की महक और ऊष्मा से भरा पत्र मिला। तन-मन महमहा गया। हलका हो उठा। अब निश्चिन्त हो काम में लग सकूँगा। चार-पाँच रोज़ के लिए इलाहाबाद, लखनऊ और बनारस जाऊँगा। बिना तकाजे के लेखकों से कुछ हासिल नहीं होता। पिछले दिनों दूधनाथ दिल्ली आया था। लम्बी बैठक हुई। तुम्हें याद कर रहा था। रमेश बत्रा ने ज़ोरदार नयी कहानी लिखी है। कह रहा था कि भाभी को टाइम्स के एयर बैग से भेज रहा हूँ, पढ़ने के लिए। गर्व होता है कि उसके जैसा कहानीकार 'सारिका' से जुड़ा हुआ है। 'नंग-मनंग' वही लिख सकता है।' (22/9/80)

हम पति-पत्नी के बीच प्रेमी-प्रेमिका वाला भाव कभी ख़त्म नहीं हुआ। उतार-चढ़ावों और चुनौतियों के बीच भी हम प्रेम की अविच्छिन्न, अविरल धारा से ऊष्मित् ऊर्जावान बने रहे। प्रेम ने ही हमें बाँधे और बचाये रखा। सँवारे रखा। कह सकती हूँ कि हमारी परस्परता किसी तय अनुबन्ध की मोहताज नहीं थी। अनुबन्धों की लम्बी-चौड़ी फ़ेहरिस्त से हम हमेशा दूर रहे। लेकिन यह मानकर चलते रहे, प्रेम जब तक परिपक्व समझ, विवेक और भरोसे की ज़मीन पर भावनाओं के गठबन्धन के फूटे कल्लों को मज़बूत तना नहीं सौंपता, प्रेम प्रेम नहीं हो पाता! जीवन में दो-अढ़ाई वर्ष ऐसे भी रहे, जब लगा विवेक की उँगली अवध से छूट रही है। वह सोच नहीं पा रहे कि वह कर क्या रहे हैं! एक नये बने सम्पन्न मित्र के संसर्ग ने उन्हें रेसकोर्स के रास्ते पर खींच लिया अपने साथ। घोड़ों की दौड़ों में वे आर्थिक दबावों से मुक्त होने का ख़्वाब देखने लगे। मैं परेशान। संघर्ष पर विश्वास रखने वाले व्यक्तित्व को यह जुए की लत कैसे लग गयी कि किसी चामत्कारिक परिणाम की उम्मीद में उसे स्वाहा होती अपनी मामूली-सी जमा पूँजी की भी परवाह नहीं? मेरे तर्कों की पकड़ से छटक अवध कुछ सुनना-समझना ही नहीं चाह रहे थे। उन्हें लगता, मैं बेवजह कलह बो रही हूँ। जाने धैर्य कहाँ बिला गया। कहना पड़ा मुझे। पिता का घर छोड़ने का निर्णय अगर मैं ले सकती हूँ तो अवध, मैं तुम्हें भी छोड़ सकती हूँ। सोच लो। संघर्ष मेरा आत्मबल है। अभाव मुझे कमज़ोर नहीं कर पाते लेकिन टूटे भरोसे के साथ मैं जी नहीं पाऊँगी।...

हमारे प्रेम में आत्म-स्वीकार भी था और अपराध-बोध के क्षण भी।

उस रात बेडरूम में अवध अपनी नन्ही बिट्टू को छाती पर लिटाये रात-भर जागते रहे थे। गुड्डू उनकी बगल में सोता रहा था। हमारे दोनों बच्चे हमारे बीच ही सोया करते थे। गेस्टरूम में लेटे हुए मेरी आँखों में भी नींद कहाँ थी!

सुबह टाइम्स के लिए निकलने से पहले अवध ने मुझसे कहा था—'रात घर नहीं आऊँगा, 'सागर विहार' होटल में ही रात गुज़ारूँगा।'

अवध उस रात 'सागर विहार' होटल के उसी कमरे में रहे थे जिस कमरे में शादी के बाद हमारे रहने का प्रबन्ध हुआ था। यह संयोग कैसे सम्भव हुआ नहीं जानती।

दूसरी रात अवध ने सोने से पूर्व मुझे एक लिफ़ाफ़ा पकड़ाया। लिफ़ाफ़े के ऊपर लिखा हुआ था—उस लड़की के नाम, जिसने लिखी थी मुझ पर एक कविता 'जब भी तुम्हें'...गेस्टरूम में आकर मैंने वह लिफ़ाफ़ा खोला। लिफ़ाफ़े में था उस लड़की के नाम अवध का एक पत्र। '...मेरे कानों में झर रही हैं तुम्हारी सिसकियाँ और मेरी चेतन आँखों के सामने उमड़ रहे और गला रोक रहे तुम्हारे आँसुओं में मैं आकण्ठ नहाया हुआ हूँ। हमारी ज़िन्दगी में एक वक़्त ऐसा आया जब मैं आदमी नहीं रहा। हर स्तर पर। सोच, शरीर और आत्मा के स्तर पर। मैं जानवर हो गया। सही बात तो यह है कि ख़ुद को जानवर कहना भी जानवर का अपमान करना है। किसी हद तक यह कह सकता हूँ कि इन दिनों मैं बहुत ही नीच, कमीना और घृणित हो गया। ऐसे समय की याद भी शूल की तरह चुभ रही है। इस एक छोटे से कालखण्ड के लिए मैं हमेशा ही तुमसे शर्मिन्दा रहूँगा। और जब तक ज़िन्दा रहूँगा, शर्मिन्दा रहूँगा। इस पाप से मुझे कभी मुक्ति नहीं मिल सकती। उसके लिए मैं मन और आत्मा से तुम्हारे प्रति क्षमाप्रार्थी हूँ। उसके लिए निश्चय ही तुम मेरी शरण्य हो। चाहो तो उबार लो, चाहो तो शाप देकर डुबो दो। तर्कशक्ति यह कह सकती है, किसी भी निर्णय पर पहुँचने से पहले क्या यह सोचना ज़रूरी नहीं कि एक लम्बा ख़ूबसूरत समय हमने साथ गुज़ारा है और उस ख़ूबसूरत समय के मुक़ाबले ये दो वर्ष अनदेखा कर भुला देने के लायक नहीं? स्वीकार करता हूँ, इन दो वर्षों में मैंने तुम्हें जो मानसिक यन्त्रणाएँ दीं वो दो या तीन हज़ार साल से भी बड़ी हैं...उसके लिए मैं ताउम्र माफ़ी का तलबगार

रहूँगा और चाहूँगा कि अगर हो सके तो मन और आत्मा से चित्तुल तुम मुझे क्षमा कर दो। तुम मेरी नज़रों में बहुत ही सक्षम और शक्तिशाली महिला हो।

आज से, अभी से मैं तुमसे फिर एक वादा करना चाहता हूँ, मनुष्य से अमनुष्य हो गया मैं फिर से तुम्हारा वही अवध होकर दिखाऊँगा, जिसे तुमने अवधनारायण मुद्गल बनाया है।...' 22/7/77

वह कविता मैं आप लोगों को पढ़वाना चाहती हूँ। यह कविता चित्रा ठाकुर के नाम से उस समय कलकत्ते से निकलने वाली महत्त्वपूर्ण पत्रिका 'ज्ञानोदय' में प्रकाशनार्थ भेजी गयी थी। सम्पादक थे, रमेश बक्षी। बाद में रमेश बक्षी को सूचित करना पड़ा, अब जब भी आप मेरी कविता 'जब भी तुम्हें' 'ज्ञानोदय' में प्रकाशित करें, कृपया उसे चित्रा मुद्गल के नाम से ही प्रकाशित करें।

'जब भी तुम्हें'

जब भी तुम्हें महसूस हों
फ़र्श पर रेंगते अँधेरे
खिड़की पर आ बैठें कारागार की हवाएँ
चारों ओर उग आयें घुटन की दुर्वह प्राचीरें
सच,
मुझे कहना, कहकर तो देखना
तुम्हारे मौनवाही कक्ष की छत से
टाँक दूँगी
एक बादल
एक बिजली
एक सूरज की किरण सतरंगिनी!

जब भी तुम्हें छल जाये
एकाकी क्षणों का प्रेत
डराने लग जाये
अपना अनमना अस्तित्व
भाल को छू जाये काँटों की विषैली बेल
सच मुझे कहना, कहकर तो देखना

तुम्हारी अश्रुभीगी पलकों के ऊपर
रख दूँगी
एक गुलाब
एक आइस बैग
एक जलती अगरबत्ती की गन्ध!

(ज्ञानोदय, 1965)

यह कहना आवश्यक है कि एक ऊँचे क़द के बेहद संवेदनशील और मूर्धन्य विद्वान के रूप में उनका साथ मेरे लिए प्रेरणादायी रहा। वह मुझसे ही नहीं, मेरी सामाजिक चेतना के प्रति गहरे संवेदी और सहयोगी होने के साथ-साथ, मेरी सृजनशीलता के प्रति अटूट निष्ठाभाव से भरे हुए थे। अवध के प्रेम और विश्वास ने मेरे भीतर की स्त्री को उसकी पूरी गरिमा के साथ स्वीकारा ही नहीं, उसे सँवारा और तराशा भी। मेरी रचनाओं के पहले पाठक वह ही होते थे। दिल्ली पहुँचने के बाद भी वह उस अधिकार से वंचित होने के लिए तैयार नहीं थे। प्रायः मैं उनकी प्रतिक्रिया पाने के लिए अपनी नयी रचना का फ़ाइनल ड्राफ़्ट उन्हें टाइम्स एयर बैग से भेजने की कोशिश करती। रचना को प्रकाशन के लिए कहाँ भेजना है, उसका चुनाव और पत्रिका का चयन मेरा होता। कभी-कभी वह असहमत होते। 'शिनाख़्त हो गयी है' कहानी तुम्हें लघु पत्रिका 'गवाह' में न भेजकर 'धर्मयुग' को देनी चाहिए थी। विषय व्यापक पाठक वर्ग तक पहुँचने की माँग करता है।

हम दोनों की रचना प्रक्रिया में अन्तर था। अवध को एक ही बैठक में कहानी को पूरा करते देख मैं चकित हो उठती। अक्सर उन्हें रात में ही लिखने का समय मिलता और वे रात-भर जागकर कहानी पूरी करते। या शनिवार की रात लिखने के लिए चुनते, क्योंकि शनिवार को आधे दिन की छुट्टी होती। ऐसा भी होता, रात में उठकर गेस्टरूम में मैं यह देखने के लिए जाती कि उन्हें चाय की ज़रूरत तो नहीं है, तो उन्हें खर्राटे भरता हुआ पाती। रचना का पहला ड्राफ़्ट ही उनका फ़ाइनल ड्राफ़्ट हुआ करता। कविता में भले एकाध शब्दों का हेर-फेर करना पड़ता। अपनी रचनाओं के प्रचार-प्रसार में उनकी अभिरुचि न के बराबर थी। एक बड़ी पत्रिका के सम्पादक होने के

बावजूद उन्होंने अपनी सृजनात्मकता को प्रतिष्ठित करने के लिए कभी अपने पद का दुरुपयोग नहीं किया। जबकि उनके समकालीन लेखकों में बहुत से ऐसे उदाहरण मिल जायेंगे।

मेरे लिए अवधनारायण मुद्गल न पारम्परिक पति थे और न ऐसे प्रेमी जो वायवी होते हैं। मुझे उनका प्रेम जिस रूप में भी मिला। आज वह मेरे लिए मेरी साँसों का सम्बल बना हुआ है।

अपने प्रेमी पति को समर्पित अपनी यह एक और कविता मैं आपको पढ़वाना चाहती हूँ–

'कई-कई दिन'

औंधे कटोरों से
औंधे ही रह गये
छूँछे
कई-कई दिन!

न उतरी उनमें चढ़ते घाम की गुनगुनी सेंक
न पिछवाड़े टपका पकी निंबोरियों का सोना
सिरहाने
कुम्हला गयीं अधखिले गुलाबों की क्यारियाँ

न झमकीं कण्डे पाथती कोहनियों तक भरी कलाइयाँ
न उड़ीं आसमान में पंक्तिबद्ध हिलोरें लेते खगों की चहक
न दुबकी मेंड़ों के बाहुपाश में फूली सरसों की बुलाक
न टूटा ठिठके पाँवों का हठीला असमंजस
न फूटे ओठों से मनौवल के दो बोल
सेंध लगाती नहीं है आस
तुम ऐसे रूठ गये!

(भाषा संस्कृति, 2016)

पिता के रूप में

बेटे राजीव (गुड्डू) और बेटी अपर्णा (बिट्टू) अवध के प्राणतत्त्व थे। उनके बचपन के बहाने मैंने उन्हें अपना बचपन जीता हुआ पाया। उनका आशीष तो इन दोनों पर रहता ही था, प्यार भी वह इतना करते थे कि उनकी छोटी-मोटी उपलब्धि की सूचना मिलते ही खिल उठते। जब भी कभी दोनों बच्चों की किसी चीज़ को लेकर मैं उन्हें बहलाने की कोशिश करती तो वे दुखी हो जाते। स्पष्ट कहते, हफ़्ते भर हम भले सब्ज़ी-फल न खायें, लेकिन बच्चों की माँग को टालना उचित नहीं। मेरे दोपहर के खाने के डिब्बे में तुम हींग जीरे का पराँठा नीबू के अचार के साथ रख दिया करो। कैसी शर्म!

एक प्रसंग का ज़िक्र करना चाहूँगी।

बेटे राजीव का जन्म सात मार्च 1966 में हुआ। कपड़े में लिपटे कमज़ोर सतमासे बेटे को छाती से चिपका वे बड़ी देर तक उसे चूमते रहे थे। उसे देखने चन्द्रा बाई मेटरनिटी हॉस्पिटल आये। उन दिनों हम मुम्बई के औद्योगिक उपनगर माण्डुप के प्रताप नगर की एक चाली में आठ बाइ आठ की खोली में रहते थे। बड़े शौक़ से अवध हमारे प्यार की निशानी का जन्मदिन प्रत्येक माह की सात तारीख़ को उत्साहपूर्वक मनाते। आसपास की चालियों के अधिकांश नन्हे-मुन्ने उस शाम इकट्ठे हो जाते चाली के बरामदे में। अवध के हाथ से जलेबी और टॉफियों का दोना ले बच्चे घर के सामने से हिलने का नाम न लेते। शुरुआत में मैंने उनकी इस बात का विरोध किया लेकिन फिर मज़दूरों के बच्चों को हर माह सात तारीख़ की शाम का उत्सुकता से इन्तज़ार करते देख मन में सन्तोष हुआ।

पढ़ाई से ज़्यादा राजीव चित्र बनाने, तैरने और बैडमिंटन में रुचि रखता। उसकी पढ़ाई को लेकर चिन्तित मैं उसका होमवर्क करवाते हुए डाँटती, फटकारती और ज़रूरत पड़ने पर पिटाई भी कर देती तो स्वयं कभी बच्चों का होमवर्क न करवाने वाले अवधनारायण गुस्से से दुर्वासा का रूप धर छत पर चले जाते। शिकायत करते मज़दूरों को पुचकारने, उनके दुखों पर मलहम लगाने बड़े धैर्य के साथ फैक्टरियों के धरने में पहुँच जाती हो, बच्चे के साथ धैर्य नहीं रख सकतीं। लगता ही नहीं कि तुम एक पढ़ी-लिखी विवेकपूर्ण स्त्री हो।

आये दिन, टाइम्स ऑफ़ इंडिया, नवभारत टाइम्स, लोकसत्ता, इंडियन एक्सप्रेस आदि अख़बारों में बैडमिंटन खेलते हुए, और टूर्नामेन्ट जीतते हुए राजीव की तस्वीरें छपतीं। अवध की जैसे ही अख़बारों पर निगाह पड़ती, दफ़्तर से उठा उन प्रतियों को वे घर ले आते और मुझे हिदायत देते, कि तारीख़ के साथ मैं इन्हें एलबम में लगा दूँ। आगे इनकी ज़रूरत पड़ेगी। टूर्नामेंट जीतने के लिए राजीव भी जी तोड़ मेहनत करता। स्कूल से दो बजे घर लौटने के बाद वह खा-पीकर कुछ देर आराम कर, चार बजे लोकल ट्रेन पकड़कर 'हिन्दू जिमखाना' मरीनड्राइव अपने कोच चीमा जी के पास पहुँच जाता और रात आठ-साढ़े आठ के बीच पसीने से नहाया घर लौटता। उसके साथ अक्सर होता उसका अनन्य मित्र, सहपाठी, टाइम्स ऑफ़ इंडिया के स्पोर्ट्स रिपोर्टर सुन्दरराजन का बेटा श्रीराम। श्रीराम हमारी ही बिल्डिंग के तीसरे माले पर रहता था। दुर्योग से तभी एक ऐसी विदारक घटना घट गयी, कि हमारी पत्रकार सोसाइटी में दुख की कालिमा छा गयी। राजीव इस क़दर टूटा कि उसे सँभलते महीनों लग गये। पत्रकार सोसाइटी के बच्चों ने अक्सा बीच पर (मलाड) पिकनिक मनाने का कार्यक्रम बनाया। राजीव भी अपने दोस्त के संग पिकनिक पर जाना चाहता था। श्रीराम ने हम लोगों को मनाने की बहुत कोशिश की। मैं तो राज़ी हो गयी मगर अवध ने ज़िद ठान ली। यह कहकर कि अक्सा बीच ख़तरनाक बीच है।

गाते-बजाते बस को रवाना हुए तीन घण्टे भी नहीं हुए थे कि अचानक ख़बर आयी, श्रीराम पानी में डूब गया। देर रात बस लौटी तो सोसाइटी में कुहराम मच गया। कपड़ों में लिपटी श्रीराम की लाश से राजीव बिलखता हुआ ऐसा चिपका, कि अवध और सुन्दरराजन जी ने बड़ी मुश्किल से उसे लाश से अलग किया। सुबक-सुबककर वह लगातार यही कहता रहा—'पापा, मैं स्वीमिंग का चैम्पियन हूँ अपने दोस्त के साथ होता तो उसे बचा लेता। आपने मुझे क्यों नहीं जाने दिया। श्रीराम को तैरना नहीं आता था।...'

दो रोज़ अवध टाइम्स ऑफ़ इंडिया नहीं गये। बेटे को छाती से चिपकाये बैठे रहे।

राजीव को रोता देख नन्ही गौरैया-सी अपर्णा का रोना भी बन्द नहीं हुआ। अपराध-बोध से भरे अवध दोनों बच्चों को सँभालने की कोशिश में कितनी बार भीगे, गिनना सम्भव था क्या!

राजीव ने घोषणा कर दी। वह तैरना छोड़ देगा। 'महात्मा गाँधी स्वीमिंग पूल' (शिवाजी पार्क—दादर) की ओर रुख़ नहीं करेगा। अवध के लिए मुश्किल था। हफ़्ते में तीन रोज़ छुट्टी लेकर उसे शिवाजी पार्क ले जाना। बावजूद इसके राजीव का प्रण तुड़वाकर वे उसे कुछ दिनों तक स्वयं स्वीमिंग पूल ले गये। इसी बीच बारिश शुरू हो गयी। मैंने ध्यान नहीं दिया। तेज़ बारिश में स्वीमिंग पूल में तैरने से वह डबल निमोनिया की चपेट में आ गया। डॉक्टर पेनकर की सलाह थी—तैरने से ज़्यादा ज़रूरी है बच्चे की ज़िन्दगी।...

बैडमिंटन के इंटर स्कूल टूर्नामेंट के चैम्पियन राजीव ने अपने स्कूल कार्डिनल ग्रेशियस के लिए कई गोल्ड और सिल्वर मैडल जीते। स्कूल के फ़ादर विजय स्कूल का नाम होता देख राजीव की भूरि-भूरि प्रशंसा करते, लेकिन पढ़ाई के प्रति कुछ उदासीन रहने के लिए उसे डाँटते भी। जब भी राजीव कोई मैडल जीत कर घर आता, अवध उसे जताना न भूलते, कुश्ती में उनका भी कोई जोड़ नहीं था।

अपर्णा पढ़ाई में ही तेज़ नहीं थी, नृत्यादि में भी प्रवीण थी। मेरी इच्छा थी, वह गोपीकृष्ण से विधिवत् कत्थक की शिक्षा ग्रहण करे। डॉ. धर्मवीर भारती की छोटी बिटिया गुड़िया कत्थक सीखने गोपीकृष्ण की नृत्य कक्षाओं में जाया करती। पुष्पा दीदी ने मुझे आश्वस्त किया। लाने-ले जाने की चिन्ता न करो चित्रा। आर्थिक दिक्क़तें कम नहीं थीं। लेकिन अवध मेरे छह महीने की फ़ीस का जुगाड़ कर लेने के बावजूद इस बात के लिए राज़ी नहीं हुए कि अपर्णा के लाने-ले जाने की ज़िम्मेदारी पुष्पा भाभी पर छोड़ दी जाये। तुम अपने सामाजिक कार्यों में कटौती कर नहीं सकतीं। मैं अपनी बेटी की ज़िम्मेदारी किसी और को सौंप नहीं सकता। ख़ुद ज़िम्मेदारी उठा सको तो मुझे कोई आपत्ति नहीं। लिकिंग रोड कोई पास तो नहीं। कभी पुष्पा भाभी लेट हो गयीं तो गुड़िया तो बिट्टू से बड़ी है। मेरी बिटिया तो रोना-धोना मचा देगी।

अवध बेटी अपर्णा को भी खेलकूद में भाग लेने के लिए प्रोत्साहित करते। पत्रकार सोसाइटी में पन्द्रह अगस्त को खेल प्रतियोगिताएँ होतीं तो अवध बाक़ायदा उसे नीबू चम्मच में रखकर सधे क़दमों से तेज़ चलने का अभ्यास, दो-चार रोज़ पहले से ही करवाना आरम्भ कर देते। टाँगों से चुन्नी बाँध उसे, लँगड़ी दौड़ दौड़ना सिखाते। परिणाम यह हुआ, जो अपर्णा खेल प्रतियोगिताओं

में भाग लेने से हिचकिचाती थी, अधिकांश प्रतियोगिताओं में वह अपने हमउम्रों को पछाड़ पहले नम्बर पर आती। पुरस्कार वितरण के समय एक के बाद एक, अपने दोनों बच्चों के नाम की पुकार सुन उनके चेहरे की छलक-छलक जाती ख़ुशी देखते ही बनती।

जब भी कोई अपर्णा की सफलता पर उसे बधाई देते हुए कहता, तुम बिल्कुल अपनी माँ जैसी हो तो वह फ़ौरन पलटकर जवाब देती—'आंटी, मैं मम्मी जैसी नहीं, अपने पापा जैसी हूँ!'

पास होने पर प्रायः पिता का प्यार कुछ दबा-ढँका सा रह जाता है, किन्तु घर से दूर जाने पर अनेक रूपों में सामने आता है। दिल्ली आ जाने के बाद अवध नियमित मुझे ही नहीं, बच्चों को भी पत्र लिखते। बच्चों को वह अंग्रेज़ी में पत्र लिखते। पत्र मेरे लिफ़ाफ़े में नहीं लिखते। दोनों के नाम अलग लिफ़ाफ़े होते। एक बार अपर्णा ने चिट्ठी लिखकर उलाहना दिया कि, 'आप ममी को रोज़ पत्र लिखते हैं, पापा। हमारे नाम पत्र बहुत देर से लिखते हैं।' ऐसे में अवध उनसे सॉरी कहते। काम की व्यस्तता की आड़ हो लेते। अपर्णा ने एक और शिकायत की थी उनसे—'वे भैया के हर पत्र में क्यूँ लिखते हैं कि तुम घर के बड़े बच्चे हो, मम्मी और बिट्टू का ख़याल रखना। ममी का ख़याल तो भैया क्या ही रखेगा, मुझे वह मेरा ख़याल रखने के बहाने बात-बात में डाँटता-फटकारता रहता है। खुद तो देर रात तक खेलकर घर लौटता है, मुझसे कहता है कि घण्टे भर से ज़्यादा सहेलियों के साथ नीचे मत खेला करो। भैया बड़ा है पापा तो मैं भी तो बड़ी हो रही हूँ। आपके दोस्तों के सामने अगर आपको कोई डाँटेगा तो क्या आपको अच्छा लगेगा। ग़लती आपकी है पापा। आपने उसे बड़ा भाई है, कहकर उसका दिमाग़ ख़राब कर दिया है। इस बार के मंथली टेस्ट में वह मुझसे बहुत कम मार्क्स लेकर आया है। उससे कहिए वह अपनी पढ़ाई पर ध्यान दे।' (1980 के अपर्णा के पापा के नाम लिखे तीन पत्रों के आधार पर)

अपर्णा को लिखे एक पत्र में अवध ने अपनी लाड़ली बेटी से स्वीकार किया— उम्र में भले वह छोटी है भैया से, लेकिन अनुभव कर रहे हैं कि समझदारी में वह बड़ी हो गयी है। आइन्दा से वह ध्यान रखेंगे और राजीव को समझायेंगे कि बिट्टू अब बड़ी हो रही है, उसका ख़याल रखने का मतलब

यह नहीं कि वह उद्दण्ड हो उसे उसकी सहेलियों के सामने डाँटने-फटकारने लगे। जो भी कहना है अकेले में घर पर कहे। बड़ी हो रही है तुम्हारी बहन।

अपनी लाड़ली बिटिया की कितनी परवाह करते थे अवधनारायण, मैं एक प्यारा-सा प्रसंग आपसे बाँटना चाहूँगी—

अपर्णा की कक्षा पिकनिक पर जा रही थी मुम्बई के निकट छोटे-से हिल स्टेशन, खण्डाला। उसने मुझसे ज़िक्र किया। क्लास टीचर ने प्रत्येक छात्र से हज़ार रुपये माँगे हैं पिकनिक के लिए। पन्द्रह रोज़ में पैसे जमा करने हैं। उसकी सारी सहेलियाँ जा रही हैं पिकनिक पर। उनके संग वह भी जाना चाहती है। खण्डाला देखना चाहती है। मैंने उससे स्पष्ट मना कर दिया। यह कहकर कि तुम्हारे पापा यहाँ हैं नहीं। उनकी अनुपस्थिति में किसी भी बच्चे को दो दिन तो क्या, दो घण्टे के लिए भी शहर से बाहर नहीं भेज सकती। आदत के अनुसार अपर्णा ने तर्क-वितर्क किया। क्लास के अन्य लड़के-लड़कियाँ भी तो जायेंगे शहर से बाहर! पिण्ड छुड़ाने के लिए मैंने कह दिया। भेजने को मैं पिकनिक पर भेज देती, लेकिन इस तंगी में हज़ार रुपये तुम्हारी पिकनिक पर फूँकना सम्भव नहीं। उत्तर सुन अपर्णा एकदम से चुप हो गयी। सोचा, चलो बात टल गयी।

बारह-तेरह दिन हो गये इस बात को। एक दोपहर घण्टी बजी। दरवाज़े पर पोस्टमैन खड़ा था।

मैंने सोचा, कोई रजिस्टर्ड पत्र आया होगा मेरा। आते रहते थे। लेकिन उसने पूछा—'अपर्णा मुद्गल कौन हैं? बुला दूँ मैं उन्हें। दिल्ली से उनके नाम मनीऑर्डर आया है।'

'मनीऑर्डर अपर्णा के नाम!—किसने भेजा है?' मनीऑर्डर फॉर्म पर पता पढ़ते हुए उसने बताया, दिल्ली से अवधनारायण मुद्गल ने भेजा है। अवाक् हो उठी मैं। पोस्टमैन से मैंने आग्रह किया कलाई पर बँधी घड़ी पर निगाह डाल, पाँच-सात मिनट बाद उसकी स्कूल बस आने ही वाली है। तब तक वह कॉलोनी का चक्कर लगा आये।

आते ही अपर्णा खिल गयी। पापा ने पैसे भेज दिये पिकनिक के लिए! फ़ोन किया था मैंने।

राजीव सामान्य नम्बरों से पास होता और अपर्णा अच्छे नम्बर लाती तो अवध उनके पत्रों में उन्हें ध्यान दिलाना न भूलते कि उन्हें अगली दफ़े

ख़ूब मेहनत करके अच्छे नम्बरों से पास होना है। तभी दिल्ली में एडमिशन हो सकेगा।

दिल्ली में कभी घर के पास के पार्क में बच्चों को खेलते देखते तो भावुक हो जाते। पत्र में दो टूक लिखते—'मेरे बच्चो, मैं अधिक समय तक तुम लोगों के बिना न रह सकूँगा। सच बताना, तुम लोगों को मेरी कितनी याद आती है? गुड्डू, तुमने जो मेरे जन्मदिन पर मेरा पोर्ट्रेट बनाकर भेजा है, 'सारिका' में सब उसे देखकर अचरज में पड़ गये।'

5 मई, 1983 को बच्चों के साथ मैं दिल्ली आ गयी। अवध की ख़ुशी का कोई ठिकाना न था। अवध सारिका के एडिटर हो चुके थे।

मयूर विहार फ़ेज वन में हम लोगों ने एक नयी ही दुनिया बना ली थी। अपर्णा का विवाह हुआ मृदुला गर्ग और आनन्द जी के छोटे बेटे शशांक गर्ग से। 10 दिसम्बर, 1992 को अपर्णा और शशांक परिणय-सूत्र में बँध गये। अवध को लगा शशांक को उन्होंने जैसे अपनी बिटिया नहीं, सीने से दिल निकालकर सौंप दिया हो। अपनी बिट्टू को वह कितना चाहते थे, यह भाँप पाना कठिन है। शादी के नौ महीने बाद जब वह एक कार एक्सीडेंट में अपने पति के साथ नहीं रही तो अवधनारायण कितने टूट गये, यह ख़ुद टूटी हुई मैं भी अलग से महसूस कर पा रही थी।

इस अनहोनी की हमने कभी कल्पना नहीं की थी।

प्रतिपल उदासी की सिसकती-डोलती परछाइयों में डूबे घर को आगे चलकर राजीव की पत्नी शैली अर्थात् मेरी बहू ने आकर सँभाला। शैली अपर्णा की हमउम्र ही नहीं थी, उसकी एकमात्र गहरी मित्र थी। अवध की दिनचर्या अपर्णा के निधन के बाद ऐसी अव्यवस्थित हुई कि फिर अन्त तक सँभल नहीं पायी। पोते शाश्वत, जुड़वाँ पोतियाँ अनघा और आद्या ने उनकी इस रिक्तता को भरने की भरपूर कोशिश की, पर एक पिता के दिल का क्या किया जाये!

अवध ने बेटी को खो देने पर कुछ कविताएँ उस पर लिखकर अपनी पीड़ा उजागर की थी।

उनकी एक कविता है 'एक ख़त गुमशुदा बेटी के नाम'। इसमें यह भाव देखा जा सकता है—

"प्यारी बेटी
तुम जब से गयी हो
यहाँ के दिन कुछ ज़्यादा ही बड़े होने लगे हैं।
शायद गर्मियों की–
लू में लिपटी दोपहर से भी ज़्यादा

सुबह अब भी उतरती है
बरसात में भीगी
या सर्दियों के कुहरे में लिपटी
ठिठुरी, काँपती-सी।

दिन चाहे जितना लम्बा और बड़ा हो
उसे गुज़रना ही है
इसलिए गुज़र जाता है कोलाहल के बीच से
भीड़ भरी सड़कों पर अपने धुँधले
बदशक्ल निशान छोड़ता हुआ।
लेकिन न जाने क्यों
मेरे भीतर के सन्नाटे में वह कोलाहल
वह भीड़ भरा सड़कों का माहौल
कहीं खो जाता है
ठीक तुम्हारी तरह।

रातें अब भी आती हैं
डरी, सहमी
सुबकते सपनों में डूबी
उचटती-सी नींद में सोयी हुई
और मैं अचकचाकर बैठ जाता हूँ–
आधी रात को
फ़ोन की न बजने वाली घण्टी सुनकर
कि कहीं वह तुम्हारा ही फ़ोन न हो।

क्योंकि तुम्हारा फ़ोन देश-विदेश
कहीं से भी, कभी भी, किसी भी समय आ सकता है—
"मम्मी, पापा को जगा दो
मुझे उनसे कुछ ज़रूरी बातें करनी हैं"
लेकिन अब वह फ़ोन कभी नहीं आता
सिर्फ़ नींद में उसका इन्तज़ार आता है।

हंगामे
जो तुम किया करती थीं
अब बिल्कुल ख़ामोश हैं
ठीक तुम्हारी तरह
मेरी तरह
नींद में डूबी इन रातों की तरह।

बेटी,
जो मकान तुमने पसन्द किया था
हम उसमें आ गये हैं,
तुम्हारे पसन्दीदा कमरे में तुम्हारी माँ ने
तुम्हारी सारी ज़रूरी और ग़ैर-ज़रूरी चीज़ें
करीने से लगा दी हैं
पता नहीं तुम्हें कब किस चीज़ की ज़रूरत पड़ जाये
न मिलने पर तुम चीख़ने-चिल्लाने लगोगी।

तुम्हारे कमरे की
एक दीवार पर तुम्हारी तस्वीरें टँगी हैं
दूसरी पर तुम्हारी डायरियाँ
तीसरी पर तुम्हारे ख़त
जो तुमने बचपन से युवा होने तक मुझे लिखे थे
और चौकी पर तुम्हारी शरारत भरी यादें

जो सामने की खिड़की से
आने वाली तीखी हवा में फड़फड़ा रही हैं—
एक कोने में बैठा है
तुम्हारा बेहद प्यारा टैडी ब्यॉय
तुम्हारी बाँहों में झूलने की प्रतीक्षा करता
ख़ामोश, उदास
रोनी सूरत बनाकर गर्दन झुकाये

प्यारी बेटी
अब ये रातें दिन से भी ज़्यादा लम्बी होने लगी हैं
तुम्हारे न होने की तरह अछोर
अब ये चौंकाती नहीं, डराती हैं
हम सबको हरदम तुम्हारा इन्तज़ार है
बाक़ी सब ख़ैरियत है
तुम्हारा
पापा।"

बेटी के चले जाने का ग़म उनकी कविता, 'टुकड़े-टुकड़े यादें', 'कभी-कभी ऐसा होता है...' और 'हमें क्या पता था..' में बड़ी गहराई से मिलता है।

'खोया हुआ एहसास' जैसी उनकी कविता बताती है कि वह बिट्टू को खोकर कितने बिखर गये थे। उसकी चीज़ें देखकर बुरी तरह भावुक हो आते और गहरी ख़ामोशी में उतर जाते। शायद वह उन पत्रों को याद करते हों, जो उनकी बिटिया छह-छह पृष्ठों में उन्हें लिखकर भेजा करती थी। या फिर उन शरारतों को, जिनसे वह झुँझला भी जाते और पल-भर में वह उनकी गर्दन पर अपनी बाँहें डाल झूलने लगती, तो सारा माहौल बदल जाता।

हमारे पुत्र राजीव, जिसे हम प्यार से गुड्डू कहते, जब उसका विवाह हुआ और शब्द कुमार जी की बिटिया शैली हमारी बहू बनकर आयी तो अवध और उसका रिश्ता भी ससुर-बहू का कम, पिता-पुत्री का अधिक था। हम लोग पहले से ही इतने घुले-मिले थे कि 'बाहर से आयी लड़की' वाला कोई भाव कभी रहा ही नहीं। सच बात तो यह है कि बिटिया के चले जाने के बाद हमारी

इस बहू ने ही उसकी कमी पूरी की। अवध शैली को उसी भाव से देखते जैसे कभी बिट्टू को देखा करते थे।

उन जैसा दोस्त

सुप्रसिद्ध कथाकार ममता कालिया ने लिखा है–'अवधनारायण मुद्गल जैसा दोस्त अब कहाँ!'

ममता की दृष्टि में–'अवध का जीवन दुर्धर्ष जिजीविषा की महागाथा रहा है। जिसमें कई बार उन्होंने सिफ़र से शुरू किया। लखनऊ आकर ट्यूशन के बल पर उच्च शिक्षा प्राप्त की। वहीं वे यशपाल और नागर जी के सम्पर्क में आये। जिन्होंने उन्हें टाइम्स में आवेदन-पत्र देने को मजबूर किया। ...उनकी आवाज़ में बैसवाड़ी और ब्रजभाषा की माधुरी पुती रहती। उनकी दोस्तियाँ धारावाहिक चलती रहतीं। दोस्तियों की बहुतायत ने ही उनके कुछ ऐसे शौक़ विकसित कर दिये जो बाद में चित्रा के मना करने पर भी नहीं छूटे। रवीन्द्र कालिया की तरह अवध भी दोस्तियों को जीने वाले व्यक्ति थे। दोस्तों ने ज़हर का प्याला थमा दिया तो कुर्बान अली उसे पियेंगे ही पियेंगे भले ही रक्तचाप, रक्तशर्करा और दिल की टिकटिक इसके ख़िलाफ़ अलार्म बजा रही हो। इन दोनों दोस्तों को देखकर ही यह मान लिया गया होगा 'दोस्त बन-बन के मिले मुझको मिटाने वाले'। इसे गाया भी एक तीसरे दोस्त जगजीत सिंह ने ही।'

ममता, अवधनारायण मुद्गल के प्रेमी, पति और पिता रूप के समर्पण को क़रीब से देख चुकी थीं। तभी उन्होंने लिखा–'अवध बड़े समर्पित क़िस्म के प्रेमी, पति और पिता थे। वे अपने बच्चों को हर हाल में ख़ुश देखना चाहते थे। उन्होंने अपनी जान से प्यारी बिटिया अपर्णा की पसन्द का सम्मान करते हुए उसकी शादी शशांक से हो जाने दी, हालाँकि दोनों की जीवन-शैली में ज़मीन-आसमान का अन्तर था। कुछ ही महीनों में एक भयंकर सड़क दुर्घटना में अपर्णा और शशांक, दोनों के प्राण चले गये। दो घरों में एक साथ अँधेरा हो गया। चित्रा-अवध और मृदुला-आनन्द। अवध तो इस हादसे से ऐसे टूट गये कि फिर सँभले ही नहीं। उनका मन बुझ गया। इतना तो वे दिल की

शल्यक्रिया से भी जर्जर नहीं हुए। जीवन में ज़रा-सी रौनक तब आयी जब बेटे राजीव का विवाह शब्द कुमार जी की बेटी शैली से हुआ।

अवध ने शैली में अपनी बेटी बिट्टू (अपर्णा) ढूँढ़ी और वे निराश नहीं हुए। शैली ने चित्रा-अवध को माता-पिता जैसा प्रेम, आदर और आसरा दिया।'

(उत्तर प्रदेश पत्रिका : संस्मरण विशेषांक)

एक सामाजिक का रूप

एक ज़िम्मेदार पति और पिता तो अवध थे ही, वह ऐसा भी बहुत कुछ करना चाहते थे जो उन्हें एक सामाजिक के रूप में प्रतिष्ठित करता हो।

युवा फ़िल्मकार सोमेन्द्रनाथ बत्रा अवध के छोटे भाई सरीखे ही थे। उनकी शादी की उम्र हो चली थी और वह हरदम फ़िल्मों में उलझे रहते। अवध की मुलाक़ात जब भी सोमेन्द्र के बड़े भाई से होती तो वह चिन्तित स्वर में कहते कि उम्र हो रही है सोमेन्द्र की, अब उसकी शादी का कोई इन्तज़ाम कीजिए। उन्हें इस तरह की फ़िक्रें घेरे रहतीं। आशा मेरी बच्ची की तरह थी। वह मेरे पिता के सेवक ड्राइवर श्यामराव और अंजा की बेटी थी जिसे मेरी माँ ने मुझे सौंपते हुए कहा था—घर के कामकाज में आशा तुम्हारी मदद करेगी चित्रा। उसे पढ़ाना और आत्मनिर्भर बनाना तुम्हारे ज़िम्मे है। उसकी शादी की भी। पढ़ाई में आशा की विशेष रुचि नहीं थी। आत्मनिर्भर बनाने की दिशा में मैंने उसे राजकपूर की पत्नी कृष्णा जी की ड्रेस डिजाइनर छोटी भाभी कुकी के यहाँ तुरपाई, सिलाई और फॉल आदि लगाने के काम के प्रशिक्षण के लिए रख दिया। आशा बड़ी होने लगी तो अवध को चिन्ता होने लगी उसकी शादी की। इत्तफ़ाक़ से आशा के लिए एक सुपात्र दूल्हा मिल गया रामजी। रामजी कन्हैयालाल नन्दन जी के यहाँ घरेलू काम करते हुए दिल्ली नगर निगम के अन्तर्गत सरकारी नौकरी पर लग गया। नन्दन जी की आर्थिक सहायता से उसने रोहिणी के मधुबन चौक के निकट एक पच्चीस गज़ का डी.डी.ए. का प्लॉट भी बुक कर लिया। रामजी के लिए हमने जैसे ही आशा का प्रस्ताव जीजी (श्रीमती नन्दन) को दिया, उन्होंने सहर्ष स्वीकार कर लिया। एक पत्र में अवध ने सारिका कार्यालय से लिखा—'आशा की शादी की तारीख़ 2 मई और

11 मई बनती है। अब तुम अम्माँ (मेरी माँ) से पूछकर बताओ कि वह अपने पण्डित जी से भी पूछ लें कि कौन-सी तारीख़ ठीक रहेगी। तारीख़ पक्की होते ही तुम पत्रकार नगर वाला हॉल बुक कर लेना भुटाटकर (पत्रकार सोसाइटी के सेक्रेटरी) से कहकर। शेष कामकाज मैं हफ़्ते भर पहले आकर देख लूँगा।'

इससे पूर्व अवध 3 फ़रवरी, 1980 को नन्दन जी के घर जाकर आशा का रोका कर आये थे। आग्रह करते रहे मुझसे, कि दो-तीन रोज़ के लिए ही सही मैं दिल्ली आ जाऊँ। लेकिन मेरे सुझाव पर कि मुम्बई से दिल्ली आने-जाने पर जितना ख़र्च होगा, सगुन आदि के काम आयेगा। मेरी बातें अवध को व्यावहारिक लगीं। फ़ोन पर बताया कि एक थाली, एक कटोरी, फल, मिठाई, नारियल और एक जोड़ी पैंट, कमीज़ के साथ 51 रुपये वह रामजी के हाथ में रख आये हैं। साथ ही ग्यारह-ग्यारह रुपये रामजी के माता-पिता के नाम से दे आये।

अपने आत्मीयों में कभी कोई उलझन में फँस जाये तो अवध उसे ख़ूब समझाने की कोशिश करते। उनका सिद्धान्त ही यह था कि अपनी चादर देखकर ही पैर फैलाओ, नहीं तो सिवा तबाही के और कुछ हाथ नहीं लगेगा। अवध सामाजिक सम्बन्धों में जबरन धँसने के हिमायती नहीं थे। वहीं तक सम्बन्धों का निर्वाह करते, जहाँ तक सन्तुलन ठीक बना रहे। अन्यथा निस्संग और तटस्थ हो जाते। सरपरस्ती दिखाने का ढोंग उन्हें पसन्द नहीं था। परिवार के बड़े दायरे में जो सामाजिक ज़िम्मेदारियाँ निभाई जाने योग्य होतीं, उन्हें अवध बख़ूबी निभाते।

दिल्ली में अवध और उनके मित्रों ने मिलकर एक सामाजिक संस्था बनायी। नाम रखा 'सिटी फोरम'। इस संस्था ने शुरुआत में दरियागंज और मालवीय नगर में दो क्लीनिक खोले। इन क्लीनिकों में समाज के पिछड़े वर्ग के लोगों को मुफ़्त में दवाई देने का इन्तज़ाम किया गया था। इस संस्था का शुभारम्भ 12 जुलाई सन् 1980 को हुआ था। बहुत शुरुआत में इसके सदस्यों में दो युवा डॉक्टर, दो युवा वकील, दो चार्टर्ड एकाउंटेंट और अवधनारायण मुद्‌गल ही शामिल थे। कुल सात सदस्यों की यह संस्था धीरे-धीरे सक्रिय होती चली

गयी। 18 जुलाई को दरियागंज में पहला मुफ़्त दवाखाना खोला गया। इसका उद्घाटन किया उस समय के केन्द्रीय संचार मन्त्री सी. एम. स्टीफन ने। जुलाई माह में ही मालवीय नगर में एक फ्री मेडिकल सेंटर प्रारम्भ किया गया। उसका विधिवत् उद्घाटन किया 5 सितम्बर को इंडस्ट्री मिनिस्टर श्री चानना ने।

मेरी प्रसन्नता का ठिकाना न था। अवध ने बताया था कि शुरुआत में इस संस्था के पास आय के साधनों की कमी थी। इसलिए कुछ दवाइयाँ डोनेशन पर भी ली गयीं। योजना बनी। संस्था हेतु फंड एकत्र करने के उद्देश्य से कुछ सांस्कृतिक कार्यक्रम भी आयोजित किये गये। इसी वर्ष बारह अगस्त की शाम दिल्ली में सोनल मानसिंह का नृत्य का कार्यक्रम आयोजित किया गया। एक स्मारिका भी प्रकाशित की गयी। इस आयोजन का उद्घाटन केन्द्रीय सूचना एवं प्रसारण मन्त्री वसन्त साठे ने किया। इस संस्था के संरक्षक थे रमेशचन्द्र जैन। रमेश जी ने संस्था की हर तरह से सहायता की। इस नृत्य आयोजन की सफलता को लेकर अवध बहुत उत्साहित थे। उन्होंने बताया कि इस आयोजन में आठ सौ दर्शक उपस्थित थे। स्मारिका में प्रकाशित विज्ञापनों के माध्यम से अर्जित आय भी संस्था के काम आयी।

'सिटी फोरम' जब कुछ और सक्रिय हो चली तो हौजख़ास गाँव के हरिजनों और पिछड़े वर्ग के लोगों के लिए एक मुफ़्त कानूनी सहायता केन्द्र आरम्भ किया गया 30 सितम्बर को। इसका उद्घाटन किया केन्द्रीय श्रम मन्त्री टी. अंजैया ने। अवध इस संस्था को प्रतिदिन पाँच घण्टे देते। सुबह सात से नौ बजे तक और शाम सारिका कार्यालय से लौटकर सात से दस बजे तक। दस बजे से शाम साढ़े छह तक वह कार्यालय में व्यस्त रहते।

एक दिन यह भूलकर कि टेलीफ़ोन का बिल कितना आयेगा उत्साह से भरे अवध ने लम्बी बात की। बताया कि 'सिटी फोरम' की शुरुआत तो चित्तुल कुल जमा सात सदस्यों से हुई थी किन्तु धीरे-धीरे सदस्यों की संख्या पचास हो गयी। इनमें दस डॉक्टर शामिल थे और छह वकील। अवध स्वयं इस संस्था का प्रेस पब्लिसिटी और संगठन का काम देखते थे। राजधानी के पिछड़े इलाक़ों

में संस्था ने ख़ूब काम किया ताकि ग़रीब और बेसहारा लोगों को ब्लड, यूरिन, स्टूल टेस्ट और ई.सी.जी तथा एक्स-रे की सुविधा मिल सके।

मुझे यह सब देख-सुन-पढ़कर बेहद ख़ुशी होती क्योंकि मूलतः मैं स्वयं उसी रुझान की ही हूँ। अपनी सारिका सम्पादकी और समाज-सेवा के बीच कभी-कभी अवध भावुक हो जाते और राजीव के जन्मदिन पर शामिल न हो पाने का अफ़सोस पत्र लिखकर ज़ाहिर करते—'आज मेरे राजकुमार बेटे का जन्मदिन है। ऐसा जन्मदिन जिसे हम लोगों ने वर्षों तक हर महीने मनाया था। मैं जानता हूँ कि आज भी तुमने उसी तरह मनाया होगा, लेकिन फ़र्क़ इतना है कि मैं उसमें शरीक़ नहीं हूँ। हालाँकि मन और आत्मा से तुम लोगों के बीच हूँ लेकिन शरीर...? शरीर का धर्म बेहद स्थूल है और उसकी दूरियाँ उसी के साथ घटती-बढ़ती रहती हैं। यहीं आदमी मजबूर हो जाता है।'

दरअसल, महानगरों में रहते हुए भी अवधनारायण पूरी तरह क़स्बाई मानसिकता वाले सामाजिक ही थे। इसके साथ ही ज़िन्दा रहती थी उनकी संवेदनशीलता। आगरा की राजा मण्डी के गोकुलपुरा की वह पतली-सी पत्थर की गली कभी उनके दिलो-दिमाग़ से अलग ही नहीं हुई जिसके नुक्कड़ पर दाहिने किनारे एक पुराने मकान में, अमृतलाल नागर कभी रहा करते थे। 1953 के आसपास यहाँ नागर जी की ससफ़राल थी। यहीं अवध और नागर जी का छोटा बेटा शरद बाहरी कमरे में अक्सर पढ़ा करते थे। ख़ूब बहसें भी हुआ करती थीं। पहले भी चर्चा कर चुकी हूँ मैं कि तभी से अवधनारायण नागर परिवार के एक सदस्य सरीखे हो गये थे। आगरा, कानपुर और लखनऊ के दिनों को अवध एकदम अलग तरीक़े से स्मरण किया करते थे। दरअसल, उनके सामाजिक व्यक्तित्व के बीज यहीं अंकुरित हुए जो बाद में सन् 1958 में लखनऊ में एक बार फिर नागर परिवार से मिलने पर विकसित होते चले गये।

अवध की प्रकृति में संजीदगी के भीतर समायी जो अलमस्ती और खिलन्दड़ेपन की तरंगें थीं, वह निश्चय ही कहीं-न-कहीं बज़रिये नागर जी ही से आयी थीं। यह मैं महसूस करती हूँ। एक समय अवध भी बग़ैर पान खाये

न रह पाते। भंग खाना पसन्द न होकर भी दबाव में आकर गले उतार लेते। फिर परिणाम चाहे जो भी भोगना पड़े। होली उन्हें हमेशा से प्रिय थी। मुम्बई की होली पड़ोसी डॉ. धर्मवीर भारती की हुड़दंगों से गुलज़ार रहा करती थी, शेष सब उनकी वानर सेना के अनुयायी। अबीर, गुलाल, गीत, संगीत और नृत्य की थपक-धपक से तरंगित। दिल्ली में दरियागंज में रहते हुए उन्होंने पुरानी दिल्ली की होली का भी रसपूर्ण आनन्द उठाया। गीत-संगीत, ठिठोली भरी होली के अनुभवों को वह हमें रस लेकर सुनाते। एक मण्डली ऐसी भी बन गयी थी अवध की जिसमें रसिक जन सब मिल बैठते तो बाला दुबे जैसे गायक ग़ज़लें सुनाते और मनोरंजन में पूरी शाम खिल उठती।

सम्पादक अवधनारायण मुद्गल

सारिका के सम्पादन का पूर्ण प्रभार पाकर अवधनारायण का सम्पादक अपनी बहुआयामी प्रतिभा और दीर्घ अनुभव के साथ पूरी तरह सक्रिय हो उठा।

वह न सिर्फ़ अपनी और प्रबन्धन की नीतियों के अनुसार नयी-नयी योजनाएँ बनाते, मुझसे भी गुजराती, मराठी के साहित्य जगत और साहित्यकारों की रचनाधर्मिता के नये तेवरों के विषय में जानकारी चाहते। पिछले दस वर्षों में इन भाषाओं की किन कहानियों ने पाठकों और आलोचकों का ध्यान अपनी ओर खींचा है। दलित आन्दोलन की नयी चुनौतियाँ क्या हैं? क्लासिक कहानियों के अनुवाद उपलब्ध हो सकते हैं? साहित्य के पाठक इन भाषाओं में भी कम हो रहे हैं क्या? आदि-आदि। अब तक के 22 वर्षों के इतिहास में 'सारिका' का अधिकतम प्रिंट ऑर्डर 42,000 रहा था। अवध ने कहा था। हम पुराना रेकॉर्ड बहाल ही नहीं करना चाहते, उसे आगे भी ले जाना चाहते हैं। वे आश्वस्त थे, उनकी सम्पादकीय टीम निर्विवाद रूप से समर्थ टीम है। उसमें रमेश बत्रा, सफ़रेश उनियाल, बलराम, महेश दर्पण, आनन्द वर्धन और बीरेन्द्र जैन जैसे कथाकार युवा साथी हैं। सभी मिलकर चिन्तन करेंगे, किन कारणों से सारिका का पाठक सारिका से विमुख हुआ। परम्परागत पाठक वर्ग को कैसे लौटाया जाये साथ ही, नया पाठक वर्ग कैसे तैयार किया जाये। यह भी कि युवा पाठकों में साहित्य के प्रति अभिरुचि कैसे जगाई जाये कि सारिका उनके लिए एक अपरिहार्य पत्रिका बने। 'सारिका' भारतीय भाषाओं में हिन्दी की लोकप्रिय साहित्यिक पत्रिका रही है। भारतीय भाषा के अधिकांश प्रतिष्ठित एवं नये उभरते हुए रचनाकारों की इच्छा होती थी कि उनकी कहानी अनूदित

होकर 'सारिका' में प्रकाशित हो और वे हिन्दी के विशाल पाठक वर्ग तक पहुँच सकें, जाने जा सकें। वैश्विक और भारतीय साहित्य के पुल के रूप में 'सारिका' अपने परम्परागत स्वरूप को और पुष्ट करना चाहेगी।

अवध की योजनाएँ काम करने लगी थीं। कुछ अरसे बाद ही 'सारिका' का प्रिंट ऑर्डर 50,000 हो गया तो अवध बहुत खुश हुए। वह काम में इस तरह जुटे रहते जैसे भूत। देवदासी, खेलकथा, देहव्यापार, ज़ब्तशुदा, लघुकथा ...आदि अनेक विशेषांकों से अवध को एक तरफ़ सर्कुलेशन मेंटेन रखना था और दूसरी ओर साहित्यिक गरिमा भी बनाये रखनी थी।

यह 'सारिका' द्वारा नये विषयों और नये प्रयोगों का दौर था।

अवध पूर्व, पश्चिम, उत्तर, दक्षिण हर दिशा के भारतीय लेखकों से सम्पर्क में थे। अनुवादक उनके लिए काम कर रहे थे और विशेषजन जुटते जा रहे थे। बंगला के प्रतिष्ठित लेखक सुनील गंगोपाध्याय ने घाना की यात्रा के दौरान बताया था मुझे कि 'सारिका' में मुद्गल जी के आग्रह पर उनका एक उपन्यास प्रकाशित हुआ था अनूदित होकर। 'सारिका' से उन्हें लेखकीय प्रति प्राप्त हुई थी। लेकिन उन्होंने मित्रों को भेंट करने के लिए 'सारिका' की बीस प्रतियाँ दिल्ली विश्वविद्यालय में पढ़ा रही अपनी एक महिला मित्र के माध्यम से ख़रीदकर मँगवायी थीं। मुद्गल जी को उन्होंने अंग्रेज़ी में एक आत्मीय धन्यवाद पत्र भी लिखा था। घाना विश्व पुस्तक मेले में भारत अतिथि देश के रूप में आमन्त्रित था और हम सब सुनील गंगोपाध्याय की अध्यक्षता में साहित्य अकादेमी के प्रतिनिधि मण्डल के सदस्य रूप में वहाँ गये हुए थे। इस चर्चा के दौरान साहित्य अकादेमी के सचिव, अग्रहार कृष्णमूर्ति जी भी उपस्थित थे। इसी चर्चा के दौरान मैंने सुनील गंगोपाध्याय से पूछा था, उन्हें लेकर यह प्रचारित है कि वे हिन्दी विरोधी सोच रखते हैं। तो उन्होंने जवाब दिया था, देशवासियों के ऊपर जबरन हिन्दी लागू करने की सरकारी नीति से असहमति है मेरी चित्रा जी।

आगे चलकर शुरुआती दौर के साथी श्रीकान्त शर्मा और आनन्द वर्धन नवभारत टाइम्स में स्थानान्तरित हो गये थे और जब 'सण्डे मेल' निकला और

नन्दन जी टाइम्स ऑफ़ इंडिया छोड़ वहाँ चले गये तो उन्होंने रमेश बत्रा को अपने पास बुला लिया।

'सारिका' परिवार के माहौल से दूर निकलकर रमेश बत्रा सरीखे प्रखर कथाकार और सम्पादक की जो गति हुई, उसे देख अवध बहुत दुखी रहते थे।

'सारिका' से मुक्त होने के बाद जब अवध ने 'छाया मयूर' का सम्पादन सँभाला तो उसका अंक भी ख़ूब चर्चित रहा। देश के अनेक प्रमुख कहानीकारों ने उसमें योगदान किया था। वरिष्ठ और युवा पीढ़ी, दोनों ने। अपने सम्पादन में वह सदैव इस दूरदृष्टि को लेकर चले कि लेखन में अनेक पीढ़ियों के लोग एक साथ सामने आयें। 'सारिका' के दिनों में भी उनकी इस दूरदृष्टि को क्रियान्वित होते महसूस किया जा सकता था। एक के बाद एक अनेक कथा-पीढ़ी विशेषांक उन्होंने निकाले। इन अंकों के लिए अनेक प्रतिनिधि कथाकारों ने विशेष रूप से रचनात्मक योगदान किया। अवध के समय प्रारम्भ 'पीढ़ियाँ : आमने-सामने' स्तम्भ विशेष रूप से चर्चा में आया। 'सारिका' के नवलेखन अंक में प्रकाशित अनेक कहानीकार बाद में स्थापित कथाकार बने। कई अर्थों में अवध ने एक पूरी समर्थ कथा-पीढ़ी अपने सम्पादन में तैयार की।

प्रेमकथा विशेषांक से लेकर उपहार अंक तक—विशेषांकों की अनूठी शृंखला ही उन्होंने तैयार कर डाली जिसमें 'महाविनाश', 'युद्ध कथा', 'मिथक कथा', 'नारी मुक्ति' आदि विशेष सराहे गये। अवध ने अपने सम्पादन काल में एक विशेष प्रयोग यह भी किया कि शरद जोशी के अतिथि सम्पादन में व्यंग्य विशेषांक का आयोजन किया।

वह जिस लेखक से चाहते, रचना मँगवा लेते। विभागीय सहयोगियों के सम्पर्क सूत्र ऐसे में बड़े काम आते।

अनेक कारणों से विमुख हुए और रूठे बड़े रचनाकार, जो बरसों से छपे ही नहीं थे 'सारिका' के पृष्ठों पर, उन्होंने भी अवध के सम्पादन काल में मौन तोड़ा, गुस्सा छोड़ा और कहानी लिखी सारिका के लिए। डॉ. नामवर सिंह, भैरव

प्रसाद गुप्त, हर्षनाथ, उषा प्रियंवदा, राजेन्द्र यादव, कमलेश्वर, शैलेश मटियानी, काशीनाथ सिंह, मैनेजर पाण्डेय—एक पूरी समृद्ध फ़ेहरिस्त है रचनाकारों और आलोचकों की जिनकी यादगार रचनाएँ या साक्षात्कार इन दिनों प्रकाशित हुए। इस तरह से अवध साहित्य में उस समय बने हुए ब्रैकेट्स को तोड़ने का काम कर रहे थे।

'धर्मयुग' से चल रहे केस के चलते शैलेश मटियानी ने तो घोषित रूप से कसम खा रखी थी कि वे जीवनपर्यन्त टाइम्स ऑफ़ इंडिया की किसी पत्रिका में कभी नहीं लिखेंगे। अवध ने उन्हें मनाया और लिखवाया।

अवध ने उन रचनाकारों पर भी ध्यान दिया, जिन्हें भुला दिया गया था। महेन्द्र मल्ला, मधुकर गंगाधर, द्विजेन्द्रनाथ मिश्र निर्गुण, रामेश्वर शुक्ल अंचल, नागार्जुन, उषाकिरण खान, गिरधर गोपाल, हृदयेश, आलम शाह खान, मनहर चौहान, चन्द्रकिरण सौनरेक्सा, सफ़रेन्द्र प्रकाश, पानू खोलिया, ब्रजेश्वर मदान, परमानन्द श्रीवास्तव, शानी, बीर राजा, मनोहर श्याम जोशी, से. रा. यात्री, विष्णु प्रभाकर, रामदरश मिश्र, राजी सेठ, महीप सिंह, रमाकान्त, धर्मेन्द्र गुप्त, योगेश गुप्त, रामलाल, रामस्वरूप अणखी आदि की कहानियों को उन्होंने युवा पीढ़ी के साथ प्रकाशित किया। वह एक साथ पाँच कथा पीढ़ियों से रिश्ता रखते थे।

एक सम्पादक के रूप में वह मुझे रचना भेजने के लिए अलग से पत्र लिखते। इसके लिए उन्होंने टाइम्स से अनुमति ले रखी थी कि मैं उनकी पत्नी हूँ।

सन् 1982 में जब अवधनारायण ने सारिका का स्वतन्त्र कार्यभार सँभाला तो उन्हें सबसे पहले याद आयी बाबूजी अर्थात् अमृतलाल नागर की। उन्होंने नागर जी से उनके एक व्यंग्य के पुनःप्रकाशन की अनुमति माँगी। उत्तर में मिला अवध को एक गुस्से से भरा पत्र। नागर जी ने लिखा—'तुम्हें अनुमति के लिए पत्र लिखने की हिम्मत कैसे पड़ी! तुम में और शरद में मैंने कभी अन्तर नहीं माना। तुम्हें मेरी रचनाओं पर अपना उतना ही अधिकार मानना चाहिए जितना शरद का है। आइन्दा ध्यान रखना कि इस बात की पुनरावृत्ति न हो।'

अवध ने जहाँ नयी और पुरानी पीढ़ी से सम्पर्क बनाये रखा, वहीं कुछ

ऐसे स्तम्भ भी 'सारिका' में प्रारम्भ किये जिनका अलग ही महत्त्व था। ऐसे स्तम्भों में एक स्तम्भ था—'गलियाँ जहाँ इतिहास क़ैद है', और दूसरा था 'क़िस्से अन्तपुर के'। जिसे बाद में 'अन्तपुर से' कर दिया गया। क्रमशः बाला दुबे और श्यामलाल शर्मा जैसे जानकार लोग इन्हें लिखते थे।

उन्होंने जहाँ व्यंग्य सम्राट हरिशंकर परसाई का स्तम्भ 'तुलसीदास चन्दन घिसें' सारिका में प्रारम्भ किया वहीं मुद्राराक्षस का 'मथुरादास की डायरी' भी। ये दोनों व्यंग्य स्तम्भ उस समय के सर्वाधिक पढ़े जाने वाले स्तम्भों में रहे।

एक शहर कैसे अपना रूप बदलता जाता है! यह समझने की दृष्टि से अवध के समय एक स्तम्भ शुरू हुआ 'शहर के बीच उभरता एक और शहर'।

रंगमंच और नाटक की दुनिया को वह साहित्य से कटा हुआ नहीं देख पाते थे। इसलिए एक स्तम्भ प्रारत्भ किया 'भरत मुनि के वंशधर'। इसे चंचल लिखा करते थे। उनके समय में सुप्रसिद्ध कवि-कथाकार कुँवर नारायण समय-समय पर फ़िल्म पर लिखते रहे। वह अन्तरराष्ट्रीय फ़िल्म महोत्सव पर 'सारिका' के प्रतिनिधि रूप में भी लिखा करते थे। अवध का सर्वाधिक ज़ोर युवा पीढ़ी को तैयार करने पर रहता था। उन्होंने इस काम के लिए 'आते हुए लोग' जैसा स्तम्भ तो प्रारम्भ किया ही, युवा कहानी लेखन प्रतियोगिताएँ भी आयोजित कीं। कहानी को लेकर अनेक बहसें उनके समय में रमेश उपाध्याय व राकेश वत्स के स्तम्भों को लेकर हुईं। यही वजह थी कि 'कहानी की ज़मीन' और 'कथा सूत्र' जैसे स्तम्भ उस समय वाद-विवाद-संवाद का ज़रिया बन गये थे।

•

उनके सम्पादकीय सहकर्मी कभी यह अनुभव न करते कि वह किसी अधिकारी के आदेशों का पालन कर रहे हैं। बल्कि 'सारिका' एक परिवार की तरह थी जहाँ सभी भाई या भाईसाहब थे। छोटे-बड़े के बीच सम्मान, अपनत्व और प्रेम का भाव था। मुम्बई से गये लोगों में रमेश बत्रा और सफ़रेश उनियाल ऐसे थे जो दिल्ली के 'सारिका' मण्डल में अवध के पुराने साथी थे। ये अवध के मिज़ाज से पूरी तरह से वाक़िफ़ थे और अवध भी इन्हें छोटा भाई ही समझते थे। बाद में जब महेश दर्पण भी 'सारिका' परिवार का हिस्सा बन गये, तो अवध को उनमें एक विश्वसनीय और योग्य साथी

की झलक मिली। अवध की कार्यशैली ही ऐसी थी कि सम्पादकीय विभाग के सहकर्मी स्वयं को सम्पादक ही समझते थे। जिस साथी को वह अंक विशेष सम्पादन के लिए सौंपते, उसकी पूरी रूपरेखा वही तैयार करता। रचना चयन भी उसका और साज-सज्जा का निर्देश भी उसका। यह एक सम्पादक का जनतान्त्रिक रूप था जिसमें 'सारिका' परिवार को खुली हवा और विविधता मिलती रहती थी।

उनके सम्पादकीय 'अपनी बात' पढ़ने पर पता चलता है कि कितनी सधी भाषा में वह किसी विषय विशेष पर अपनी टिप्पणी करते थे। यहाँ वह प्रश्न भी उठाते, चेताते भी, आलोचना भी करते, सुझाव भी देते, परम्परा-इतिहास-वर्तमान पर एक साथ बात करते और नये से नये समसामयिक विषय पर बात न करने से न हिचकते। उनका अध्ययनशील मन भी सम्पादकीय लिखते समय सक्रिय रहता।

निडर और प्रयोगधर्मी सम्पादक

कथाकार ममता कालिया ने लिखा है—'अवध बड़े निडर क़िस्म के सम्पादक थे। एक बार अपने मुख्य सम्पादक नन्दन जी को बचाने की ख़ातिर, दो दिन-दो रात उनके घर के सदस्यों को सफ़रक्षित अन्यत्र भेज अवध अकेले उनके घर पर सोये। प्रसंग था राजेन्द्र सिंह बेदी की कहानी 'सरदार जी' छप जाने का, जिस बात को लेकर एक समुदाय के लोगों ने खुली चुनौती दे डाली थी। ...मेरी कहानी 'जाँच अभी जारी है' मुद्‍गल जी के अनुरोध पर मैंने विशेष रूप से लिखी थी। उस पर सकारात्मक व नकारात्मक टिप्पणियाँ आयीं। मुद्‍गल जी ने बिना लाग-लपेट के दोनों तरह की टिप्पणियाँ छाप दीं। कई अंकों तक इस कहानी पर बमचख मची रही।' (उत्तर प्रदेश पत्रिका, संस्मरण विशेषांक)

ममता अवधनारायण मुद्‍गल से अपनी मैत्री को आधी सदी की दोस्ती कहती हैं।

कथाकार बलराम ने उनके साथ काम करने के अपने अनुभवों को क़लमबद्ध करते हुए ग़ौरतलब बात यह कही है—'नयी पीढ़ी के प्रति मुद्‍गल जी का रुख़

हमेशा सकारात्मक रहा। 'सारिका' कहानी प्रतियोगिता के लिए चुनी गयी दस श्रेष्ठ कहानियों में संजीव की 'अपराध' और प्रियंवद की 'बोसीदनी' की उन्होंने मुक्त कण्ठ से सराहना की थी। और संयोगवश निर्णायकों ने इन्हीं कहानियों को पुरस्कृत भी किया।

कुमार सम्भव, परितोष चक्रवर्ती, मनीष राय, संजीव, शिवमूर्ति, केशव, उदय प्रकाश, राजेश जोशी, दामोदर जोशी, दामोदर खड़से और शंकर जैसे न जाने कितने लेखक 'सारिका' के दफ़्तर आते और अपनी कहानियाँ पकड़ा जाते या मैं उनके घर से ले आता और मुद्गल जी को पकड़ा दिया करता।'

अवध के जीवनानुभवों ने उन्हें जो सीख दी थी उसे वह युवा पीढ़ी को भी जब-तब सौंपते रहते।

युवा पत्रकार विज्ञान भूषण ने अपने लेख, 'कभी न भूलने वाले पाठ जो उन्होंने पढाये थे' में लिखा है—'दो बातें वह हर बार पूछना न भूलते थे, वो होती थीं— 'नौकरी ठीक चल रही है ना?' और, 'बेटा, लिखना न बन्द करना। मुझे मालूम है पत्रकारिता की नौकरी अक्सर रचनात्मक लेखन को सोख लेती है। लेकिन पहचान अपने लेखन से ही बनेगी। सब तुम्हें नहीं, तुम्हारे पद को मान देते हैं,' उनकी बातें जीवन की उन बेहद कड़वी सच्चाइयों को उजागर करतीं, जो उन्होंने अपने जीवनानुभवों से जानी थीं...'

परिवार का सदस्य

कथाकार सुरेश उनियाल न सिर्फ़ मुद्गल जी के सहकर्मी थे, एक तरह से पारिवारिक सदस्य ही बन गये थे। उन्होंने अपने मुम्बई के दिनों को याद करते हुए लिखा है—'उन दिनों मस्जिद बन्दर के गेस्ट हाउस 'सागर विहार' में रह रहा था। वहाँ 'फ़्लू' ने आ घेरा। दफ़्तर में ही बुख़ार आ गया। मुद्गल जी को मैंने बताया तो उन्होंने शाम को गेस्ट हाउस नहीं जाने दिया। अपने साथ घर ले गये। तीन-चार दिन तक चित्रा भाभी ने मेरी ऐसी सेवा की, जैसी कोई माँ ही कर सकती है। बुख़ार उतरने के बाद उन्होंने स्पंज तक कराया। कमज़ोरी की वजह से मेरी हालत ख़राब थी। दफ़्तर में प्रोबेशन पीरियड चल रहा था। इसलिए छुट्टियाँ नहीं मिल सकती थीं।

बीमारी के कारण तनख़्वाह न कटे और प्रोबेशन पर आँच न आये, इसलिए कमलेश्वर जी की सहमति से मुद्‌गल जी रोज़ शाम को रजिस्टर घर ले आते और मुझसे साइन कराकर अगले दिन वापस ले जाते। इस घटना ने मुझे मुद्‌गल जी का पारिवारिक सदस्य जैसा बना दिया।' (संस्मरण, कथादेश, 2015)

ऐसे उदाहरण बताते हैं कि अवध का मानवीय रूप वस्तुतः कैसा था।

कवि का रूप

अवधनारायण मुद्गल के रचनाकार का प्रारम्भ कवि के रूप में ही हुआ। अभी वह पाँचवीं कक्षा में ही पढ़ रहे थे कि उन्होंने पहली कविता लिखी।

भारत उन दिनों स्वतन्त्र होकर ही चुका था।

समूचा देश महात्मा गाँधी जी के प्रभाव में था। अवध की इस रचना के केन्द्र में भी बापू ही थे। यह रचना लिखी अवश्य, किन्तु इसको प्रकाशनार्थ भेजे जाने का स्मरण स्वयं लेखक को भी नहीं था।

कुछ समय बाद ही अवध ने एक अन्य कविता लिखी। पुराने ढंग की यह रचना कवित्त-सवैया मिज़ाज की थी। उसकी एकाध पंक्ति बहुत समय बाद तक भी अवध को स्मरण थी।

आरम्भिक इन रचनाओं में पूरी उन्हें कोई याद न रही।

कालान्तर में सन् 1953 में उनकी पहली कविता प्रकाशित हुई। इस पत्रिका के सम्पादक थे सतीश चौबे। यह एक लघु पत्रिका थी। नाम भी उन्हें याद नहीं। वह पत्रिका व उसमें प्रकाशित कविता को खोज पाना मेरे वश में नहीं। भविष्य में शायद कोई शोधार्थी खोज पाये।

पहले भी ज़िक्र हुआ है। एक समय अवध आगरा से गाँव लौटने पर विवश हो गये थे।

इन दिनों उनकी पढ़ाई छूट गयी थी। इन्हीं दिनों हुआ यह कि अवध के मित्र रामजीदास गुप्त के यहाँ बैठकी जमने लगी। इन दिनों अवध पर सॉनेट लिखने का भूत सवार था। इसका भी ज़िक्र मैं पहले कर चुकी हूँ। खुद उन्होंने बताया कि 'मैंने क़रीब 100 चतुष्पदियाँ, अर्थात् सॉनेट लिखे थे।'

लापरवाही कहें या असावधानी, ये तमाम सॉनेट कहीं छूट गये। कहाँ

चले गये, कोई जान न सका। बाद में जब अवध लखनऊ जा पहुँचे, तो उन्हें अपनी कविताओं की सुध आयी तो उन्होंने विधिवत न सिर्फ़ कविताएँ लिखीं बल्कि उनके प्रकाशन पर भी ध्यान दिया। उनकी उस समय अनेक कविताएँ 'माध्यम' में प्रकाशित हुईं। दैनिक 'स्वतन्त्र भारत' में भी उनकी कविताओं की माँग निरन्तर बनी रहती। उन दिनों एक पत्र कैसरबाग़ से प्रकाशित होता था। अख़बार बहुत बड़ा न था, उसमें भी अवध की कविताएँ प्रकाशित हुईं। नाम भी उन्हें उस अख़बार का स्मरण नहीं।

एक समय अवध ने गीत भी लिखे। लेकिन फिर वह गीत विधा से दूर हो गये। उनकी यह मान्यता रही कि अपने आपको ज़्यादा सार्थक ढंग से कविता में ही अभिव्यक्त किया जा सकता है। कथा के मुक़ाबले कहीं अधिक। कविता को वह ऐसी सशक्त विधा मानते थे जिसमें थोड़े में बहुत अधिक कलात्मक दृष्टि से कह पाना सम्भव है। अवध की पहचान भले ही एक कथाकार के रूप में अधिक रही हो, किन्तु उनकी रचनाओं में कविताएँ ही अधिक हैं।

अवध ने अनेक ख़ूबसूरत ग़ज़लें लिखीं।

उनकी पृष्ठभूमि भले ही संस्कृत साहित्य की रही, किन्तु वह उर्दू के भाषिक मिज़ाज से भली-भाँति परिचित थे। लखनऊ आने के बाद उन्होंने उर्दू के पठन-पाठन पर विशेष मेहनत की। वह मानते थे कि रचनाकार की प्रतिभा किसी भी विधा में प्रस्फुटित हो सकती है। यह भी सच है कि उनका ग़ज़लें लिखना कमलेश्वर जी की प्रेरणा से सम्भव हुआ। 'सारिका' मूलतः कथा पत्रिका थी। कविताएँ और ग़ज़लें आदि उसमें प्रकाशित नहीं होती थीं। 'सारिका' का एक अंक कमलेश्वर ने दुष्यन्त पर निकालने की योजना बनायी। दुष्यन्त की अनेक ग़ज़लें सर्वथा नये तेवर और विषयवस्तु के साथ इस अंक में प्रकाशित हुईं। हिन्दी ग़ज़ल के इस नये तेवर ने पाठकों को टूटकर आकर्षित किया। कमलेश्वर जी ने निश्चय किया। हिन्दी में ग़ज़ल का एक स्वस्थ सिलसिला प्रारम्भ हो। ज़मीनी ग़ज़ल का।

अवध ने एक साक्षात्कार में महेश दर्पण को बताया भी है–'ऐसी स्थिति में कमलेश्वर ने उनसे कहा कि भई, कुछ मॉडल के रूप में ग़ज़लें लिखो। ताकि दो-चार अंकों में लगातार ग़ज़लें दे सकें। हो सकता है, इससे हिन्दी वालों में ग़ज़लें लिखने की रुचि विकसित हो पाये।' इसी योजना के तहत अवध ने ग़ज़लें लिखीं। ये ग़ज़लें फिर 'सारिका' में लगातार प्रकाशित हुईं। अब हुआ यह कि उन ग़ज़लों को ही मॉडल मान लिया गया। रचनाकार वैसी ही ग़ज़लें भेजने लगे। यह सिलसिला कुछ समय फिर चलता ही रहा। लेकिन यह सच है कि हिन्दी ग़ज़ल ने आगे चलकर अपने विकास के आयाम रचे।

जिस तरह लोग अवधनारायण मुद्गल के प्रभाव में आकर ग़ज़लें लिखने लगे, ठीक वैसे ही एक समय अवध ने ठाकुर प्रसाद सिंह के प्रभाव में आकर नव्य गीत लिखे थे। यह वह समय था जब सात वर्ष अवध लखनऊ में रहे। अवध नव्य गीत का पहला कवि भी ठाकुर प्रसाद सिंह को ही मानते थे। वह उनके प्रभाव में अवश्य थे किन्तु उनके नव्य गीतों की भावभूमि और विषयभूमि ठाकुर भाई से एकदम अलग रही।

इन गीतों में प्रायः एक या अधिक-से-अधिक दो स्टैंजा हैं। अवध की दृष्टि में नव्यगीत जितने छोटे हों, उतने अच्छे।

उनका एक नव्यगीत है–

टूट रही माथे पर छाँह
लाल पंखों की
कटे-कटे पंखों की।

तैरती दिशाओं में
सौ-सौ परछाइयाँ–
शतरूपा, शतधर्मा
मेरी परछाइयाँ।

टकराते पत्तों की
काँपती आवाज़ों से
धरती के, तेरे सब घेरों से दूर

किन्हीं–
आकर्षणहीन
भावहीन
दरवाज़ों से
जगा रही सिरहाने बाँह
छुअन शंखों की
गुँथे-बिछे शंखों की।

नव्यगीतों की यह भाषा नव्यगीतों तक ही सीमित रही। जब अवध मिथकीय प्रतीकों की कविताएँ लिखने लगे, तो भाषा का रूप दूसरा ही सामने हो आया। इन कविताओं की विशेषता यह है कि यहाँ मिथक मात्र मिथक ही नहीं हैं। यहाँ मिथकों से जुड़ी कुछ घटनाएँ भी प्रतीकात्मक रूप में आयी हैं। हाँ, उनका अभिप्राय महज़ मिथक को उद्‌घाटित या व्याख्यायित करना भर नहीं है।

सच बात तो यह है कि उनका सीधा अभिप्राय आधुनिक सन्दर्भों से जुड़ा है। ये सन्दर्भ राजनीतिक हों, सामाजिक अथवा अन्य, किन्तु वे सर्वदेशीय और सर्वकालिक हैं। तात्कालिकता से इनका कोई सम्बन्ध नहीं। सम्बन्ध है तो बस इनकी प्रतीकात्मकता से है।

कोई विद्वान या काव्य रसिक यह जिज्ञासा अवश्य कर सकता है कि अवधनारायण मुद्‌गल ने मिथकों का चयन ही प्रतीक के रूप में क्यों किया? क्या कविता में इन्हें सरल-सहज ढंग से नहीं कहा जा सकता था। यदि इस प्रश्न का उत्तर अवध की भाषा में खोजा जायेगा, तो वह यह है–'इसका कारण मात्र इतना ही है कि मैं अपनी बात को अधिक सार्थक और सकारात्मक ढंग से अभिव्यक्त कर सकूँ। यह सीधे-सादे ढंग से सम्भव नहीं था।'

अवध का कवि कविता के लिए प्रतीकात्मकता को एक ज़रूरी और महत्त्वपूर्ण गुण मानता रहा। उन्होंने अपनी कविता में आये मिथकीय चरित्रों को समय व समाज सापेक्ष बनाने की चेष्टा की है। इनको इस रूप में प्रयोग करते हुए

वह सदैव सन्तुष्ट रहते। यह सही है कि वैदिक व संस्कृत साहित्य ऐसे ही मिथकीय चरित्रों से अटा पड़ा है, किन्तु अवध के और इतर मिथकीय चरित्रों में अन्तर है। सबसे मूल अन्तर तो है–तात्कालिकता नहीं, सार्वविषयिकता, सार्वदेशिकता तथा सार्वकालिकता।

मिथकीय चरित्रों की दृष्टि से उनकी कविताएँ–'महाभारत का जन्म', 'प्रमथ्युः एक विकेन्द्रित आग', 'सिन्धु, मैं और शक्ति-सन्तुलन', 'नाग यज्ञ और मैं' तथा 'कर्णः एक नीति परिदृश्य' उल्लेखनीय हैं। 'नाग यज्ञ और मैं' पढ़ते हुए आप आधुनिक सन्दर्भ स्वयमेव समझने लगेंगे–

'मैं
नागों की भीड़ में
यज्ञ के सारे मन्त्र भूल गया हूँ
तिल भर जगह नहीं
जहाँ मैं
अपना हवन कुण्ड स्थापित कर लूँ।

ये तमाम चेहरे
अपनी अलग-अलग पहचान खो बैठे हैं
बड़ा मुश्किल है पहचानना
कि इनमें
कौन-सा चेहरा तक्षक का है
वह तक्षक
जिसने मेरे पिता
पिता के पिता
और पिता के पिता के पिता को डसा था
जो मुझे डसकर
मेरी आने वाली सन्तानों की ओर
फन फैलाये बैठा है
मेरी ओर आने वाला हर रास्ता

इसकी चमकीली आँखों में समा गया है।
मेरे सारे ब्रह्मा
सारे ऋत्विक
इनकी मज़बूत पकड़ में छटपटा रहे हैं
और मैं
यज्ञ के सारे मन्त्र भूल गया हूँ।

इन्द्र ने भूल की है
किसी तक्षक को शरण देकर
उसे अपने सिंहासन के पाये से लपेटकर
आज सभी इन्द्रासन
तक्षकों की लपेट में हैं
इनके दंश से ज़हर बुझे
इनके
सामूहिक बोझ से भारी
मैं सोच रहा हूँ
वह कौन-सा मन्त्र है
जो तमाम इन्द्रों को
इन्द्रासनों को
और
इन इन्द्रासनों से लिपटे तक्षकों को
अपनी सम्पूर्ण शक्तिमत्ता के साथ
खींचकर
मेरे किसी भी हवन कुण्ड में गिरा दे।
लेकिन वह हवन कुण्ड मैं कहाँ बनाऊँ
मैं
नागों की भीड़ में
यज्ञ के सारे मन्त्र भूल गया हूँ।'

अवध की दूसरे क़िस्म की कविताएँ वे हैं जिनमें वैयक्तिकता के दर्शन होते हैं। दरअसल, शादी के 9 महीने बाद ही एक दुर्घटना में हमारे बेटी-दामाद गुज़र गये। इसका गहरा मौन उत्पीड़न अवध ने झेला। उससे उपजी मानसिकता में व्यामोह मुख्य रूप से विरूपित हुआ है। इन बच्चों की मृत्यु से जो मौन उत्पन्न हुआ, वह फिर लम्बे अन्तराल के उपरान्त ही टूटा। यह वास्तव में कवि के आत्ममन्थन का काल था। इस बीच वह अपने गुण-दोष, पाप-पुण्य, सार्थक-निरर्थक का चिन्तन क्रमवार तरीक़े से करता रहा। इस प्रक्रिया में उसे अस्वस्थ भी हो जाना पड़ा। मानसिक रूप से भले ही अवध स्वस्थ थे, किन्तु शारीरिक अस्वस्थता ने उन्हें तोड़कर रख दिया। एक तरह से यह ऐसा समय था जब पूरी दिनचर्या ही बदल गयी।

इस मानसिकता में अवध की जिन कविताओं ने आकार लिया, उनमें 'वक़्त', 'एक एहसास ठण्डा-सा', 'हमें क्या पता था', 'खोया हुआ एहसास', 'कभी-कभी ऐसा होता है...,' 'टुकड़े-टुकड़े यादें', 'एक खिलौना घर में', 'मौसम', 'अन्धों की बस्ती और मैं', 'मुद्राएँ', 'हम आदमी नहीं हैं', 'न जाने क्यों?', 'एक ख़त गुमशुदा बेटी के नाम' आदि-आदि महत्त्वपूर्ण हैं।

उनकी एक ऐसी ही कविता है–'जहाँ-जहाँ अँधेरा है'। यहाँ वह अपना और अपने होने का अनुबन्ध रेखांकित करते हैं–

'जहाँ-जहाँ अँधेरा है
और जहाँ-जहाँ रौशनी है
मेरा प्रतिबिम्ब है
बिम्ब और प्रतिबिम्ब के बीच
मैं, कहीं नहीं हूँ
सिर्फ़ मेरी काया है
एक साया है
मैं नहीं जीता,
ज़िन्दगी मुझे जीती है
यही,

हम सबकी आपबीती है।
बिम्ब,
प्रतिबिम्ब
और ज़िन्दगी में जो सम्बन्ध है
वही,
मेरा और मेरे होने का अनुबन्ध है।'

अवध की अनेक कविताएँ ऐसी हैं जो विविध स्थानों पर रहकर लिखी गयी हैं। इनके विषय इसलिए विविध हैं। इनका रचनाकाल तो अलग-अलग है ही, रचना स्थान भी दिल्ली, तिरुवनन्तपुरम, बगदाद, मदुरै, मॉरीशस, शिलांग, लखनऊ, शिमला और मुम्बई रहा है।

ऐसी रचनाओं में 'इतिहास की भूलभुलैया', 'हम : आकृतियों के शीतोष्ण टकराव', 'लगता है', 'रूप, यौवन और प्रेम', 'आशा और विश्वास', 'मछुओं की बस्ती: तीन दृश्य', 'जन्मदिन', 'रात: समुद्र में डूबी हुई रोशनियाँ और मैं', 'जहाँ मैं हूँ', 'खण्डित व्यक्तित्व का समर्पण', 'दफ़्तर, कुर्सी और मैं', 'बीता हुआ शोर', 'टूटती आवाज़ें', 'धुएँ का शहर', 'ट्रैफ़िक लाइट', 'लैम्पपोस्ट और मैं' सरीखी कविताएँ ध्यान खींचने वाली हैं।

अवध के ग़ज़ल लेखन की बात पहले भी हुई है। उनकी ग़ज़लों में समकालीन परिवेश, मनुष्य और उसकी विवशताएँ बख़ूबी उजागर हुई हैं। सबसे महत्त्वपूर्ण तथ्य यह है कि इन ग़ज़लों में वह छन्द के अनुशासन से क़तई भी छिटकते नहीं। अपनी आमफ़हम ज़बान में ग़ज़ल कहते हुए हिन्दी की उस परम्परा का निर्वाह करते हैं जिसे गंगा-जमनी तहज़ीब कहा जाता है। यहाँ अवध की भाषा में मौजूद संस्कृतनिष्ठ शब्दावली नज़र नहीं आती। वह आम ज़िन्दगी के दुख-दर्द से जुड़कर मौजूदा हालात की समीक्षा हिन्दुस्तानी ज़बान में करते नज़र आते हैं। यदि उनकी कतिपय चुनिन्दा ग़ज़लों की बात की जाये, तो मुझे उनकी 'इस हाट में बिकती नहीं कोई भी जिंस अब', 'आइए आप ही का स्वागत है', 'हम फटेहाल इसी बस्ती में', 'किसी गुरु या किसी औलिया की बात मत करना', 'यूँ हज़ारों मुखौटे लगाते हैं लोग', 'अब वही शाम वही

शहर है मगर फिर भी', 'आदमी से भी गये बीते', 'बात छोटी थी कहानी हो गयी', 'उल्लुओं की भीड़ पर इतरा रहे हैं', 'क़स्बे हों या शहर या कि दूर के देहात' सरीखी रचनाएँ याद रह जाने वाली लगती हैं।

अच्छी बात यह है कि अवध के यहाँ बड़ी-से-बड़ी और छोटी-से-छोटी बहर मौजूद है।

अरसा पहले लिखी गयी ये ग़ज़लें आज भी मौजूद हैं।
एक ग़ज़ल देखिए—

क़स्बे हों या शहर या कि दूर के देहात
हर जाँ जनाब जाते हैं मालिक के वास्ते

गुलशन में, गुलिस्ताँ में, गुलदस्ता तलक में ये
खिलते औ मुरझाते हैं मालिक के वास्ते

एच.एम.वी. रिकॉर्ड की मानिन्द हैं ये लोग
हर वक़्त बजे जाते हैं मालिक के वास्ते

अब कैसे राजदाँ कहे कोई इन्हें यहाँ
ढोलक से कसे जाते हैं मालिक के वास्ते

कुत्ते हों या सूअर हों या घोड़े या गधे
हर शक्ल ओढ़ आते हैं मालिक के वास्ते

सब कुछ छिपाये ठीक, मगर आज अपना पेट
दाई से छुपाते हैं ये मालिक के वास्ते।

व्यक्तित्व का कृतित्व पर प्रभाव

एक सम्पादकीय विभाग में लम्बे समय कार्यरत रहने के कारण अवधनारायण मुद्गल का व्यक्तित्व एक ख़ास तरह के साँचे में ढलने को विवश था। यह कार्यालयीन विवशता थी, किन्तु कार्यालय से बाहर अवध एक अलग ही व्यक्ति थे।

अनेक बार अवध को आवश्यकतानुसार लेखन करना पड़ा। कभी मॉडल राइटिंग बतौर तो कभी स्तम्भ चलाने भर के लिए।

इसमें मॉडल राइटिंग की बात पहले की जा चुकी है किन्तु स्तम्भ चलाने के लिए जिस विधा पर अवध ने रचनात्मक काम कर दिखाया, वह है सफ़रनामा।

यह ख़ास तरह के सफ़रनामे थे जिनमें विस्तार की गुंजाइश नहीं थी। कमलेश्वर के सम्पादन में यह एक पृष्ठ का स्तम्भ प्रारम्भ हुआ था जिसे अवध ने 'एक फलांग का सफ़रनामा' कहा। आकार में छोटा भले ही हो, इसकी प्रायः सभी क़िस्तों में लेखक का ऑब्ज़र्वेशन देखने लायक था।

जब अवध को कुछ समय मिला और उनसे लोगों ने ज़िन्दगी का सफ़रनामा लिखने का आग्रह शुरू किया, तो कई बार उन्होंने मन भी बना लिया। इस काम के लिए उन्हें सबसे उपयुक्त वृद्धावस्था ही लगती थी। इसमें वह अपनी ज़िन्दगी के अनुभवों को आकार देना चाहते थे। उनका मन था कि बचपन से लेकर लगभग अपने सम्पूर्ण जीवन को रूपान्तरित किया जाये इस विधा में। पूरा मन बना लेने के बाद भी कुछ ऐसा था, जिसने अवध को यह काम करने से रोक दिया।

यह भी उनके व्यक्तित्व की एक विशेष बात थी कि जिस चीज़ से पूरी तरह आश्वस्त न हो जाते, उसे प्रारम्भ ही न करते।

अवध का कहना था कि मानव शरीर में हृदय भी होता है और मस्तिष्क भी। ये दोनों शरीर के संचालन से लेकर मानव के सोचने, समझने, देखने-सुनने और निर्णय लेने आदि की प्रक्रिया को सुनिश्चित करते हैं। यह एक वैज्ञानिक सत्य है, परन्तु सामाजिक सत्य इससे भिन्न है।

कुछ भी करने या न करने को लेकर मानव सदा आत्मा को साक्षी बनाता है। वह मानते थे और यह सही भी था कि आत्मा तो किसी शरीर में किसी अंग की भाँति विद्यमान नहीं होती, पर समझ और आस्था के साथ सदैव मनुष्य के संग उपलब्ध रहते हुए उसी का अस्तित्व बन जाती है।

अपने सफ़रनामों को भी उन्होंने इसी प्रकार की सामाजिक आस्था से प्रेरित रचनाएँ बताया। जो आकारहीन होने के बावजूद रचयिता की दिशा दृष्टि में घुल-मिलकर अस्तित्व धारण कर लेती हैं।

अपने छोटे आकार के इन सफ़रनामों को वह न तो यात्रा मानते हैं और न संस्मरण, न ही यात्रा-संस्मरण। न यह उनकी दृष्टि में आँखों देखा हाल है और न रिपोर्ताज़। इनकी विशेषता यह है कि इनके स्थान-पात्र न खोजे गये हैं, न गढ़े गये हैं और न कल्पना अथवा विचार की उपज हैं। फिर भी यह नहीं कहा जा सकता कि इनमें कोई विचार ही नहीं। विचार तो यहाँ वास्तव में लेखक की संवेदना के साथ धड़कता है। इसके स्थान व पात्र अपने आप में दर्शन और तर्क-विज्ञान की भाँति पाठक को कुछ इस तरह उद्वेलित कर जाते हैं कि जैसे वे उसके अपने विचार व निर्माण हों। एक तरह से यह अपने आसपास राह चलती दुनिया में घटती भलाई-बुराई, ख़ुशी-ग़मी से अनायास साक्षात्कार होने पर एक दृष्टियुक्त रचनाकार को जो एहसास कराते हैं, उन्हें अवध पूरी सामाजिक निष्ठा के साथ कलात्मक अन्दाज़ में रच डालते हैं।

सफ़रनामा सरीखी विधा को छोड़ दें तो कहानी, कविता, लघुकथा, किसी पर भी अवध की पेशागत विवशता दृष्टिगोचर नहीं होती।

उनका साहित्यिक पत्रकारिता का रूप नज़र आता है रचनाकारों व आलोचकों से किये साक्षात्कारों में। इसे उनकी चारित्रिक विशेषता ही कहा जायेगा कि वह

स्वयं को आगे रखने के पक्ष में कभी नहीं रहे। जहाँ अवसर आता, अपने युवा साथियों को अवसर देते और उनकी सफलता पर प्रसन्न होते। उनके व्यक्तित्व का कृतित्व पर प्रभाव स्पष्ट देखा ही जा सकता है, युवा साथियों के कृतित्व पर भी उनके व्यक्तित्व का प्रभाव नज़र आता है।

अवध की नज़र नवलेखन पर बराबर बनी रहती थी। उनकी मान्यता यह थी कि आज का नवलेखन ही कल का प्रतिष्ठित लेखन बनता है। यही वह बिन्दु है जो हमें अपने वक़्त और कल की सोच से जोड़े रखता है।

अपने सम्पादकीय 'नव लेखन के सबन्ध में' वह कहते हैं, 'अपने वक़्त और अपनी ज़मीन से कटकर कोई विचारधारा, कोई लेखन, और कोई भी व्यक्ति कहीं नहीं टिक सकता। 'सारिका' ने वक़्त और ज़मीन से सही स्तर पर जुड़े रहने के लिए नवलेखन से ज़मीन ली है और उसे सही विकास की उर्वर ज़मीन दी भी है। ...हर नवलेखन अपने-अपने वक़्त का पक्षधर और समसामयिक सोच का संवाहक होता है। यह संवाहक किसी ख़ास विचारधारा का भी हो सकता है और पूरे कालखण्ड के सांस्कृतिक, राजनीतिक, सामाजिक और आर्थिक परिवर्तनों का भी। आज जितने भी अग्रज और प्रतिष्ठित लेखक हैं, उन्हें भी अपने कालखण्डों की 'नवलेखन प्रक्रिया' से गुज़रना पड़ा है। हर सही लेखन को और विशेष रूप से जब लेखन को, प्रारम्भ में विपक्ष की मज़बूत भूमिका निबाहनी पड़ती है।'

अवध 'साहित्यिक सत्ता' नाम की किसी चीज़ में यक़ीन नहीं रखते थे। विपक्ष की भूमिका से उनका अभिप्राय था—पुराने मूल्यों, विसंगतियों, विकृतियों, परम्पराओं, रूढ़ियों और जड़ीभूत विचारों के ख़िलाफ़ खड़ा होना। वह नवलेखन के सन्दर्भ में विश्व के जिन बड़े विचारकों से अपने विचार क़रीब पाते थे, वे हैं—पी.जी. वुडहाउस, जे.बी. प्रीस्टले, कॉम्पटन मैकेंजी, सामरसेट मॉम, निकोलस मोंसराट आदि।

मॉम का यह कथन उन्हें बड़ा अच्छा लगता था कि अगर आप में सचमुच कुछ लिखने की लालसा है और आपके पास कहने के लिए कुछ है, तो आप हर हाल में लेखक बन जायेंगे। जितना हो सके, उतना ही सरल लिखिए, जैसे अपने मित्रों को पत्र लिख रहे हों।

आकलन व आलोचना का स्वर

यह एक सुखद संयोग ही रहा कि अवध को अमृतलाल नागर और यशपाल जैसे बड़े रचनाकारों का सान्निध्य मिला।

अवध का यह मिज़ाज ही था कि वह दिखाने के लिए गुरु गम्भीर लेख लिखने की बजाय सहज स्वतःस्फूर्त भाषा में कभी संस्मरण की शक्ल में, तो कभी भेंट-मुलाक़ात और बातचीत के बहाने एक ऐसी विधा विकसित करते कि रचनाकारों की वैचारिकता, उनकी लेखन-प्रक्रिया और जीवन दृष्टि खुलती जाती। इस दृष्टि से अवधनारायण लिखित, 'लखनऊ में पहला क़दम', 'यशपाल की लेखन प्रक्रिया : एक साक्ष्य', 'शामें वही, शहर वही, पर न जाने क्यों, वह बात नहीं है...', 'यशपालः कुछ भूली-बिसरी यादें', 'एक गाँठ और सौवीं गाँठ', को गम्भीरता से पढ़ने की ज़रूरत है।

इस लेखन में जहाँ नागर जी का व्यक्तित्व सामने आया है वहीं यशपाल के लेखन को समझने के अन्तःसूत्र भी खुले हैं।

उल्लेखनीय है कि क्रान्तिकारी शिव वर्मा के कहने पर ही अवध यशपाल का डिक्टेशन लेने लगे थे। उन दिनों उन्होंने यशपाल को बहुत क़रीब से देखा और समझा। वह यशपाल को सिंह मुख कहते और बताते कि उनकी गम्भीरता को देख बहुत से लोग उनसे बात करने की हिम्मत नहीं कर पाते थे, किन्तु जो उनके सम्पर्क में आये वे जानते हैं कि यशपाल बड़े सरल और विनोदी स्वभाव के थे।

अवध ने परखा कि यशपाल की प्रेरणास्रोत अक्सर चुनौतियाँ हुआ करती थीं। किसी वर्ग या व्यक्ति की नहीं, रचनाशीलता और वैचारिकता की। अवध ने कहा कि यशपाल ने 'दिव्या' लिखने के लिए 'चित्रलेखा' की रचनाशीलता की चुनौती स्वीकार की। 'अमिता' लिखते समय फ़िल्मी वैचारिकता और ऐतिहासिक कल्पनाशीलता की चुनौती स्वीकार की। अवध इस तथ्य के साक्षी रहे कि यशपाल अपनी लिखी कोई भी बात काटने में संकोच नहीं करते थे। यशपाल के शब्दों के प्रयोग में मितव्ययिता को उन्होंने डिक्टेशन लेते वक़्त गम्भीरता से समझ लिया था।

सर्वेश्वर से वह पहली बार तब मिले जब उनकी उम्र बमुश्किल बाईस बरस रही होगी। लेकिन तभी से वह यह समझ गये थे कि सर्वेश्वर का यह

ख़ास गुण था कि जिसकी सहायता करना चाहते, बड़ी ख़ामोशी से करते ताकि दूसरा स्वयं को छोटा और एहसान से दबा महसूस न करे। फिर तो एक समय ऐसा भी आया जब अवध और सर्वेश्वर का हर रोज़ मिलना होने लगा। यह वह दिन थे जब सर्वेश्वर 'दिनमान' व 'पराग' में और अवध 'सारिका' में।

एक समय अवधनारायण मुद्‌गल को 'मॉडर्न फ़िक्शन राइटिंग' पर कुछ नोट्स तैयार करने की सूझी। उन्होंने इसके लिए दुनिया-भर की महत्त्वपूर्ण पुस्तकें ख़रीदी ही नहीं, पढ़ भी डालीं। इस प्रक्रिया में उन्होंने पाया कि पुरानी पीढ़ी का कथाकार 'ओल्ड फ़ैशंड वर्ल्ड' के घर, पारिवारिक जीवन और उसकी तुलनात्मक शान्ति का अभ्यस्त हो चुका था। यहाँ तक कि आइडिया, कथानक गढ़ने का ढंग, सोचने का ढंग, चरित्रों का सम्बन्ध और उसके रेडीमेड फ़ार्मूले, किसी विचारधारा के समर्थन या विरोध में बँधा-बँधाया अन्दाज़, लेखन के सा, रे, गा, मा, पा की क्लाइमेक्सवाहिनी एकरसता आदि का वह एक बड़ा स्टोर हाउस बन गया था। आप उसमें जाइए और अपनी मनपसन्द चीज़ निकाल लीजिए। विभिन्न आकार, रूपों में चरित्रों के मॉडल्स रखे हैं, उठा लाइए। इसी सन्दर्भ में उन्होंने जैनेन्द्र, यशपाल, नयी कहानी दौर के कथाकारों पर अपने आलोचकीय निष्कर्ष निकाले।

भाषा की समस्या व आलोचकीय दृष्टि

अवध की आलोचकीय दृष्टि भाषा की समस्या को पूरी संजीदगी से देखती थी। उन्होंने देखा कि नये कहानीकारों के लिए यह एक बड़ी चुनौती है। वह मानते थे कि भाषा की एकरसता को तोड़ना बहुत मुश्किल काम है, फिर भी इस दिशा में नयी पीढ़ी ने प्रयोग किये हैं। अवध की मान्यता थी कि विचारों और अनुभूतियों की भावुकता की तरह भाषा की भी भावुकता होती है। यह भावुकता अन्य भावुकताओं से अधिक कष्टदायी होती है। इससे मुक्ति पाना भी अधिक कठिन है। कारण यह है कि इसका सम्बन्ध हमारे संस्कारों से है। नये कहानीकारों को वह इस भावुकताविहीन भाषा के सफल व असफल, दोनों तरह के प्रयोग करते पा रहे थे। समझ रहे थे कि इसके लिए आवश्यक है पुरानी संस्कारिता से अलग होना। इससे अलग होना ही दरअसल, नया होना था।

अवध ने कहानी में नयेपन की परख के लिए यह ज़रूरी समझा कि 'मूड सिचुएशंस' और 'एक्शन' को समझा जाये। उन्होंने पाया नयी कहानी में जहाँ, 'मूड सिचुएशंस' आयी हैं वहाँ वह काफ़ी 'एब्सट्रैक्ट' और 'फैंटास्टिक' हो गयी हैं और 'एक्शन की स्थिति में काफ़ी रियलिस्टिक'। उनके मतानुसार नयी कहानी में तीन एक्शन आये 'इंटरनल एक्शन', 'एक्सटर्नल एक्शन' और 'एक्शन इन टाइम'। 'मूड सिचुएशंस' के कारण भी यह कहानी नया नाम ग्रहण कर लेती है।

अवध ने अपने विशिष्ट अन्दाज़ में नयी कहानी की कतिपय अनिवार्य शर्तों और अन्य चीज़ों की ओर भी संकेत किया। वे हैं—'वर्ल्ड व्यू', 'सैटिंग', 'टीन', 'एब्सट्रैक्शन ऑफ़ एटमॉस्फेयर', 'इलस्ट्रेशन विद कंबाइंड कलर्स'। अवध का कहना है कि ये तत्त्व पुरानी कहानी में नज़र नहीं आते। उनके अनुसार पुरानी कहानी मांसल और स्थूल है जबकि नयी कहानी बहुत व्यापक।

तेज़ी से बदलते समय में भी उन्हें भविष्य लिखित शब्दों का ही लगता रहा। इसीलिए वह युवालेखन की सामर्थ्य और सार्थकता पर बात करने से हिचकिचाते नहीं थे। एक समय था जब 'लघुकथा' एक विधा के रूप में उभर रही थी किन्तु उसका सौन्दर्यशास्त्र या आलोचना के मानदण्ड क्या होने चाहिए, इस पर अधिकांश लोग बात करने से बचते थे। ऐसे में आज से चार दशक पूर्व अवधनारायण मुद्‌गल ने एक लेख लघुकथा की आलोचना, इतिहास और विधागत विशेषताओं पर लिखा था। आठवें दशक की लघुकथा में उन्हें अनेक महत्त्वपूर्ण प्रयोग नज़र आये थे। उन्हें यह विधा एक तरह से कहानी के भटकावों भरे गैप्स को भरने वाली लगी थी। उन्होंने इस लेख में जिसका शीर्षक था—'लघुकथा : लाशों के दलालों और 'फंगस' प्रवृत्तियों के ख़िलाफ़ एक जुझारू रुख़'—में लघुकथा की शक्ति बताते हुए उससे कुछ अपेक्षाएँ भी ज़ाहिर की थीं।

वह नये से नये उपन्यास को पढ़ते और मन होता तो उस पर कुछ लिखते भी। कृष्णबलदेव वैद का उपन्यास 'नर-नारी' छपकर आया तो अवध ने उस पर एक समीक्षात्मक लेख लिखा। उनका निष्कर्ष था कि तर्कपूर्ण और सुसंस्कृत ढंग से वैद का यह उपन्यास नारी मन को समझने का एक सफल व सार्थक प्रयोग है। इसे वह पूर्वग्रह छोड़कर पढ़ते हुए गहराई से विचार करने को कहते हैं।

'भारतीय आज़ादी के पचास वर्ष का विहंगम परिदृश्य', उनका एक महत्त्वपूर्ण आलेख है। विषय की पूर्व पृष्ठभूमि की ओर संकेत करते हुए लेखक

यहाँ अखिल भारतीय राष्ट्रीय कांग्रेस के उदय, गाँधी के पदार्पण, भारत छोड़ो आन्दोलन, अन्तरिम सरकार और भारत को औपनिवेशिक स्वराज का दर्जा मिलने का उल्लेख करते हैं। निकट अतीत में भारत को स्वतन्त्रता मिलना और फिर उसका गणतन्त्र बनना ही नहीं, स्वातन्त्र्योत्तर भारत में विकास की गति और पड़ोसी देशों से युद्धों में मिले अनुभवों की सीख को भी यहाँ रेखांकित किया गया है। अवध की दृष्टि में गाँधी के आदर्शों से विरत होना और जनता की निष्क्रियता तो उल्लेखनीय हैं ही, स्वयं को भारतीय नागरिक न समझते हुए क्षेत्रीय, भाषायी और धार्मिक आधार पर बँटा होना भी विचारणीय है। वह राष्ट्रीय गौरव की रक्षा के लिए राष्ट्रीय भावना के उन्नयन को आवश्यक मानते हैं।

कश्मीर समस्या को अवध सिलसिलेवार ढंग से नेहरू युग के बाद तो गम्भीरता से समझने की कोशिश करते ही हैं, नेहरू की भूलों की ओर भी संकेत करते हैं।

लालबहादुर शास्त्री, इन्दिरा गाँधी, राजीव गाँधी, विश्वनाथ प्रताप सिंह, नरसिम्हा राव, अटल बिहारी वाजपेयी, देवगौड़ा, गुजराल आदि के प्रधानमन्त्रित्व में कश्मीर समस्या का क्या हाल रहा, इसे वह बड़े तटस्थ ढंग से समझने की कोशिश करते दीखते हैं। उनकी यह चेतावनी स्मरणीय है कि इतिहास की भूल कष्टकर होती है।

अवधनारायण मुद्गल के आकलन में दूसरे ही नहीं, वह स्वयं भी रहते थे। अपने परिवेश के बारे में वह 'जायें तो जायें कहाँ' में कहते हैं—'मेरे पास कहने लायक कुछ है ही नहीं, क्योंकि मेरी वंशावली इतनी गौरवशाली नहीं है। न तो संस्कृत के पाण्डित्य और कर्मकाण्ड के सम्बन्ध में। मैं आगरा ज़िले के जिस इलाक़े का हूँ वह इलाक़ा कुछ वर्ष पूर्व तक बरसात के दिनों में चम्बल, जमुना और उटंगन नदियों के बीच पूरे देश और उसकी संस्कृति से कटा हुआ एक टापू-सा बन जाता था। पाण्डित्य के नाम पर वहाँ इकलौते प्राइमरी स्कूल और मिडिल स्कूल में अध्यापकों का डण्डा चलता था और कर्मकाण्ड के नाम पर क्रियाकर्म होता था। आज वह परम्परा तो ख़त्म हो गयी, लेकिन एक परम्परा अभी तक मौजूद है कि उस समय भी गाँव के सारे झगड़े-टंटे गाँववाले आपस में मिलकर सुलझा लेते थे और आज भी मेरे गाँव के किसी भी आदमी का कोई भी केस गाँव के ही किसी अन्य आदमी के ख़िलाफ़ किसी भी कचहरी में नहीं है।

ख़ून का बदला ख़ून तब भी था, आज काफ़ी कम हो गया है। लेकिन है। फिर भी इन कामों के लिए कोर्ट-कचहरी की ज़रूरत किसी को महसूस नहीं होती।'

बदलते हुए समय, गाँव और रिश्तों को अवध ने बड़ी गम्भीरता से न सिर्फ़ महसूस किया है, बल्कि उस पर बाक़ायदा कमेंट भी किया है। उनका कहना है कि 'हाँ, एक घटना या दुर्घटना मेरे साथ ज़रूर जुड़ गयी है कि साल में कई बार गाँव जाने के बावजूद और उनमें पूरी तरह घुल-मिल जाने के बावजूद मेरे साथ अपने ही खानदान के लोगों के रिश्ते बदल गये। दस साल पहले मैं उनके लिए गाँववाला भैया, चाचा और दादा नहीं था, बम्बई वाला था और आज दिल्ली वाला हो गया हूँ। इसी तरह जब मैं बम्बई में था तो मैं बम्बई वालों के लिए यू.पी. का भैया था, बम्बई वाला नहीं था। दिल्ली में आने पर दिल्ली वाले मुझे अपना नहीं मानते। वास्तव में मैं खुद ही नहीं समझ पा रहा कि मैं कहाँ का हूँ। आप अन्दाज़ा लगा सकते हैं कि इस स्थिति में मेरी क्या दशा होगी और मेरे लिए दिशाएँ तो सारी खो ही चुकी हैं।'

यही नहीं, अवध इस बात से भी बहुत हताश रहते थे कि उनके समय का साहित्य समाज बेहद संकीर्ण सोच वाला होता जा रहा है। वह ऐसे कोष्ठकों में बन्द है, जिससे बाहर आने का उसका मन ही नहीं। वह न दूसरों में शामिल होना चाहता है न अपने में दूसरों को शामिल करना चाहता है। ऐसे में वह यह नहीं समझ पा रहे कि करें क्या? उन्हें एक गीत याद आ जाता है—'जायें तो जायें कहाँ?'

बच्चों से बातें

अवध का मिज़ाज तो बच्चों के लिए लिखने वाला न था, किन्तु वह जब बच्चों से बातें करते, तो पूरी तरह उन्हीं में डूब जाते। घण्टों उन्हीं में खोये रहते।

एक बार उन्होंने एक लेख लिखा, 'प्रेमचन्द के बारे में बच्चों से बातें।' अवसर विशेष था क्योंकि यह प्रेमचन्द की 100वीं सालगिरह का वर्ष था। आप इस लेख को आज भी पढ़ेंगे, तो पायेंगे कि लेखक बाल पाठकों से एक दोस्ताना संवाद कर रहा है। वह अपने बाल मित्रों को इस लेख के माध्यम से बताना चाहते हैं कि कैसे थे प्रेमचन्द? कैसा था उनका बचपन? उनके लेखन पर इस दौरान घटी घटनाओं का क्या असर पड़ा?

वह प्रेमचन्द की सादगी, बेबाकी और भोलेपन को उनके ही जीवन की रोचक घटनाओं के सहारे बयाँ करते हैं। उनकी शैतानियाँ, खाने-पीने के शौक़, चोरी की आदत, रामलीला देखने का चस्का सहित अनेक प्रसंगों के माध्यम से अवध ने बाल पाठकों को प्रेमचन्द से परिचित कराया है। यहाँ एक बड़े लेखक का जीवन तो खुलता ही है, वे सूत्र भी उजागर होते हैं जो रचना में जगह पाते हैं। यहाँ 'कर्मभूमि', 'ईदगाह', 'बड़े भाईसाहब', 'ग़बन', 'गोदान', 'गुल्ली डण्डा' आदि में लेखक के बचपन के सूत्र तलाशे गये हैं।

लिखित शब्दों के प्रति आस्था

अवधनारायण मुद्गल का एक लेख 'भविष्य लिखित शब्दों का ही है' लिखित शब्दों के प्रति आस्था प्रदर्शित करता है। बदलते जा रहे मीडिया के स्वरूप से बढ़ रही विसंगतियों के बावजूद उनका यह विश्वास है कि यही स्थिति हमेशा बनी नहीं रहेगी। उनकी मान्यता है कि लोग ऊबकर फिर लिखित शब्द की ओर लौटेंगे। यह धारणा उनकी यूँ नहीं बनी। इसके पीछे उनके अपने तर्क हैं—'लोग ऊबकर लिखित शब्द की ओर मुड़ेंगे, क्योंकि लिखित शब्द ने सभी वर्गों को अपने साथ लिया है। जो इलेक्ट्रॉनिक मीडिया ने नहीं किया। इलेक्ट्रॉनिक मीडिया के कारण हमारी भाषा में विसंगति आ रही है। भाषा ख़राब हो रही है। फूहड़ हँसी-मज़ाक़ के चुटकले ज़्यादा सफल हो रहे हैं। लेकिन इन सब से भी लोग जल्द ही ऊब जायेंगे। यह सिलसिला लोगों को दिमाग़ी ख़ुराक नहीं दे रहा। दिमाग़ी ख़ुराक़ के लिए साहित्यिक विधाएँ उपयुक्त साधन हैं।'

अवध देख रहे थे कि यह विसंगतियाँ साहित्य की दुनिया को भी प्रभावित कर रही हैं। वह समझ रहे थे कि हमारे समाज में मानवीय, सामाजिक और सांस्कृतिक मूल्य या तो गिरे हैं या बदल रहे हैं। परिवर्तन को वह ख़राब चीज़ नहीं मानते थे, लेकिन पतन के प्रति वह सावधान रहते थे। उनकी सोच थी कि बदलाय से नये मूल्यों का जन्म होता है। नयी परिस्थितियाँ बनती हैं।

समय विशेष में जी रहे लोगों को उनसे तारतम्य बिठाना पड़ता है। साहित्य को भी वह इसी परिधि में लेते थे। उनका मानना था कि 'यदि हम साहित्य में अपने वक़्त, वक़्त के आदमी और वक़्त के समाज के साथ नहीं चल पाते तो हम या तो पिछड़ जाते हैं या स्वप्नजीवी होकर भविष्य के किसी कल्पनालोक

में विचरण करने लगते हैं अथवा उस पृष्ठ या दृश्य से ख़ारिज हो जाते हैं। आज हम जिन व्यक्तिगत, सांस्कृतिक और सामाजिक विसंगतियों से जूझ रहे हैं, उन पर हमें हर हालत में विजय प्राप्त करनी है।'

अच्छी बात अवध के इस चिन्तन में यह नज़र आती है कि समृद्ध और प्रबुद्ध वर्ग भी समाज के सामने का ही हिस्सा हैं, उनकी अच्छाइयों, बुराइयों और विसंगतियों को भी समाज के सामने उजागर करना चाहिए। लेकिन ऐसा बहुसंख्यक निम्नवर्ग और मध्य निम्नवर्ग की क़ीमत पर नहीं किया जा सकता।

अवध का यह दृढ़ विश्वास था कि प्रजातन्त्र में बहुजनवाद की उपेक्षा नहीं की जा सकती।

इसके साथ ही उन्हें यह विश्वास भी था कि नयी सदी के नये लेखकों के मन में आने वाली नयी-नयी समस्याओं, संगतियों-विसंगतियों, राग-द्वेष, परिस्थितिजन्य स्थितियों को ध्यान में रखकर और उनका अपने साहित्य में सही सामंजस्य बनाकर अपने समाज के प्रति न्याय कर सकेंगे।

उनका यही विचार उन्हें नयी पीढ़ी के साथ आत्मीयता से जोड़े रखता था।

एक रूपान्तरकार का रूप

अवधनारायण मुद्‌गल ने अपने सम्पादकीय जीवन में अनेक महत्त्वपूर्ण अनुवाद एवं रूपान्तर किये। स्वभावतः इनमें साहित्य, संस्कृति, सिनेमा, कला और भाषा से सम्बन्धित लेखन ही अधिक था। इनमें से कुछ विशेष हैं—अन्ना ग्रीगोरीव्ना लिखित 'हँसो मत प्लीज़, सपने बड़ी अहमियत रखते हैं : अन्ना दस्तोयव्स्काया', ई. अल्काज़ी लिखित 'पिकासो : एक मुस्कराती हुई नयी चेतना का प्रतीक', ली. छी. लिखित 'पहाड़ खोदने वाला बेवकूफ़ बूढ़ा', वारेन स्टेट लिखित 'चाहा चिड़िया और सीप', श्योन छि. लिखित 'ड्रेगन को चाहने वाला लॉर्ड', और हान फि.छि. लिखित 'खरगोश की वापसी' आदि।

इनमें से पहले दो के अतिरिक्त शेष छोटी कथा रचनाएँ हैं। इनके लेखक चीनी हैं। चीनी भाषा से यह रचनाएँ पहले अंग्रेज़ी में अनूदित हुईं और फिर अंग्रेज़ी से अवध ने इनका हिन्दी अनुवाद किया या रूपान्तर किया। इसे पढ़ते हुए उनकी अनुवाद-कला से साक्षात् होता है। यहाँ एक चीनी कथा हिन्दी में रूपान्तरित होते हुए सहज प्रवाह में सामने आ खड़ी होती है। इसमें अधिकांश चीनी कल्पकथाओं के रूप में हैं। कल्पना और यथार्थ, प्रेम और विश्वास, मूर्खता और व्यावहारिकता के मध्य जीवन-व्यवहार से अन्तर स्पष्ट करने वाली ये रचनाएँ अपने लघु रूप में इतनी सघन हैं कि अनुवाद करते समय भी अत्यन्त सतर्कता की आवश्यकता है। इस दृष्टि से अवध का अनुवाद पठनीय है।

उदाहरण के लिए 'ड्रेगन को चाहने वाला लॉर्ड', देखिए :

'यी का लॉर्ड द्दिगाओ ड्रेगनों को बहुत पसन्द करता था। उसने पूरे घर में उनके चित्र बना रखे थे और दीवारों पर उन्हें आँक रखा था।

एक बार स्वर्ग के ड्रेगन ने अपने प्रति लॉर्ड के प्रेम की चर्चा सुनी। वह नीचे आया और लॉर्ड के दरवाज़े पर अपना सिर रखकर और खिड़की में पूँछ लपेटकर बैठ गया।

उसे देखकर लॉर्ड की सिट्टी-पिट्टी गुम हो गयी। वह बुरी तरह से डर गया।

अब पता चला कि वह ड्रेगन से मिलती-जुलती तस्वीरों से ही प्यार करता था, असली ड्रेगन से नहीं।'

ई. अल्काज़ी सरीखे व्यक्ति का पिकासो पर लेख अनुवाद करते समय यही अनुवादक लेखक की मानसिकता के अनुरूप विषय को हिन्दी में प्रस्तुत करता है। इस लेख में पिकासो को बीसवीं सदी का प्रतीक बताते हुए उसके तर्क प्रस्तुत किये गये हैं। पढ़ते हुए यह प्रतीत ही नहीं होता कि यह लेख मूलतः हिन्दी में लिखा हुआ नहीं है। विषय के लिहाज़ से यह लेख ख़ासा टेढ़ा है। यहाँ सौन्दर्यशास्त्र, संचेतना, समाज की आन्तरिक स्थिति और रचनात्मक प्रतिभा पर चर्चा की गयी है। जो लोग अंग्रेज़ी नहीं जानते, किन्तु अल्काज़ी की नज़र में पिकासो क्या थे, यह जानना चाहते हैं, उनके लिए यह लेख हिन्दी में प्रस्तुत करके अवध ने एक महत्त्वपूर्ण काम किया है। यह लेख पढ़कर पाठक एक सहज भाषा में यह समझ सकता है कि 'पिकासो की रचनात्मक सामर्थ्य ऐसी है जिसे चित्रकला जैसे एकाकी माध्यम सहन नहीं कर सकते।' अल्काज़ी यदि पिकासो को चित्रकला का कवि कहते हैं तो उसका मन्तव्य क्या है, यह पाठक बड़ी सरलता से समझता जाता है।

यदि अवधनारायण मुद्गल द्वारा किये गये अनुवादों में सर्वश्रेष्ठ संस्मरण की बात की जाये तो मुझे अन्ना ग्रीगोरीव्ना द्वारा लिखा संस्मरण सबसे ज़्यादा आकर्षक लगता है। यह संस्मरण अवध ने इतनी सुन्दर हिन्दी में अनुवाद किया है कि पढ़ने वाला उसे एक ही बैठक में पढ़ जाये। इसका प्रारम्भ ओल्खिन द्वारा मिले एक प्रस्ताव से होता है जिसमें उन्होंने ग्रीगोरीव्ना से दोस्तोएवस्की के लिए बतौर आशुलिपिक काम करने को कहा। यह संस्मरण बताता है कि उन दिनों दोस्तोएवस्की एक बड़े उपन्यास की योजना बना रहे थे। इसके लिए ग्रीगोरीव्ना को मिलने थे पचास रूबल। यह तो ख़ैर आश्वासन था, इसके

अतिरिक्त उसे और बहुत कुछ क्या-क्या मिला। यह इस अनुवाद में एक कहानी ही बन गया है।

ज़रा सोचिए, एक आशुलिपिक को पहले ही दिन उस मेज़ पर बैठने का अवसर मिल गया, जिस पर लेखक ने 'क्राइम एंड पनिशमेंट' लिखा था। और फिर कैसे लेखक ने उसे अपनी सज़ा के बारे में भी बता दिया। डिक्टेशन प्रारम्भ हो गयी तो शुरुआती अनुभव कैसे रहे। फिर कैसे वह क्षण आया जब लेखक ने उसे 'नन्ही चिड़िया' और कभी 'प्यारी अन्ना ग्रीगोरीव्ना' कहना शुरू कर दिया। वह कैसे उससे अपनी वह पसन्द भी ज़ाहिर करने लगे कि उन्हें कैसी पत्नी चाहिए!

संस्मरण बताता है कि उपन्यास पूरा होते-होते दोस्तोएवस्की को यह डर सताने लगा था कि इसके बाद वह ग्रीगोरीव्ना को किस क़दर मिस करेंगे। 'जुआरी' शीर्षक का यह उपन्यास कुछ बीस दिनों में पूरा हुआ। बड़ी सहज गति से यह संस्मरण बताता है कि कैसे फिर वह दिन भी आ ही पहुँचा जब फ़्योदोर मिखाइलोविच दोस्तोएवस्की ने संस्मरणकार से अपने प्रेम का इज़हार करते हुए उससे अपनी पत्नी बनने का प्रस्ताव रखा।

इस संस्मरण की सबसे अच्छी बात यह है कि यह उन प्रसंगों का भी उल्लेख करता है जिनसे यह पता चलता है कि दोस्तोएवस्की अपनी आर्थिक तकलीफ़ों को हमेशा कितने हलके ढंग से लेते थे।

कुशल साक्षात्कारकर्ता

साहित्यिक पत्रकारिता का एक अत्यन्त महत्त्वपूर्ण अध्याय होता है भेंटवार्ता अथवा साक्षात्कार। लम्बे सम्पादकीय जीवन में अवधनारायण मुद्‌गल ने अनेक साक्षात्कार किये। इनमें अनेक देशी-विदेशी लेखकों का साक्षात्कार शामिल है। वह जिस लेखक का साक्षात्कार करने की सोचते, उसका अधिकाधिक साहित्य पढ़ते अवश्य। उनका होमवर्क हमेशा दुरुस्त रहता।

उनके किये साक्षात्कारों में जैनेन्द्र कुमार, अभिमन्यु अनत, भीष्म साहनी, गोविन्द मिश्र, मुद्राराक्षस आदि के साक्षात्कार उल्लेखनीय हैं। उनका प्रश्नकर्ता एक जिज्ञासु-भर नहीं है। क्रमशः वह संवादकर्ता के रूप में आ जाते हैं।

जैनेन्द्र कुमार से की गयी बातचीत में वह वेश्या-जीवन सरीखे 'अस्पृश्य विषय' पर प्रारम्भ में ही प्रश्न करते हुए एक तरह से उस पर राय भी दे देते हैं। ऐसे में जैनेन्द्र कुमार का उत्तर इस विषय की महत्ता स्थापित करते हुए सार्थक संवाद की दिशा बनाता है। यदि यह प्रश्न ही न उठाते अवध तो जैनेन्द्र यह न कह पाते– '...जिसको हम तिरस्कृत करते हैं, समाज से बहिष्कृत करते हैं, वह वेश्या क्या हमारे अपराधों का प्रायश्चित्त ही नहीं कर रही है? वह सहानुभूति और करुणा की ही नहीं, देखा जाये तो सराहना की भी पात्र है।'

उल्लेखनीय है कि यह बातचीत जैनेन्द्र कुमार के अन्तिम उपन्यास 'दशार्क' के लिखे जाने के दौरान हुई। अवध ने पहले यह संवाद 'सारिका' में प्रकाशित किया और फिर उपन्यास 'दशार्क' के अंश 'सारिका' में क्रमिक रूप से प्रकाशित

किये। प्रेमचन्द के बाद के सबसे बड़े उपन्यासकार जैनेन्द्र का यह उपन्यास पूरा करवाने में अवध ने 'सारिका' सहयोगी महेश दर्पण का सहयोग लिया। जब तक उपन्यास 'दशार्क' पूरा न हुआ महेश दर्पण रोज़ जैनेन्द्र जी के घर 7-दरियागंज, सुबह के समय पहुँच जाते और फिर उनकी डिक्टेशन लेकर 'सारिका' आते जहाँ विभागीय सहयोगी दिनेश त्यागी उसे टाइप करते। उन दिनों महेश दर्पण सादतपुर में रहा करते थे। सादतपुर से दरियागंज पहुँचते लगभग डेढ़ से दो घण्टे लग जाया करते। उन्हें सुबह घर से जल्दी निकलना पड़ता। वे विस्मित होते जब जैनेन्द्र तैयार बैठे उनका इन्तज़ार करते हुए मिलते।

जैनेन्द्र से अवधनारायण के साक्षात्कार को पढ़ते हुए पाठक पायेंगे कि प्रश्न किस तरह से उनके संघर्ष को खोलते हैं। उनके विचारक और समाजचेता को कोंचते हैं, ताकि इस विषय पर एक सार्थक संवाद हो सके। यह अवध की साक्षात्कार-कला ही है जिसमें उनके तीखे प्रश्नों से भी साक्षात्कार देने वाला असहज महसूस नहीं करता। यहाँ तक कि विचार से प्रतिबद्ध लेखन के लिए सुविख्यात कथाकार भीष्म साहनी को वह विचारधारा से हटने के प्रश्न पर घेरते हैं और लेखन के स्तर पर सार्थकता की बात उठाते हैं। यह अन्दाज़ भीष्म साहनी को न सिर्फ़ सहज करता है बल्कि उनसे यह उत्तर भी दिलवा देता है कि 'बात ये है कि विचारधारा हमें नज़रिया देती है—ज़िन्दगी को देखने की हमें दृष्टि देती है, हमारी सूझ को बढ़ाती है, लेकिन कहानी तो हम जीवन से ही उठाते हैं। कोई अनुभव, कोई जीवन में घटने वाली घटना हमें कहानी लिखने के लिए बाध्य करती है। उसकी प्रेरणा भी देती है। उसी में देखी गयी विडम्बना या अन्तर्विरोध को हम कहानी में बाँधने की कोशिश करते हैं।

इसलिए विचारधारा हमें कहानी का नज़रिया नहीं देती, ज़िन्दगी का नज़रिया देती है। कहानी तो हम ज़िन्दगी से ही लेते हैं, कच्ची सामग्री तो हम ज़िन्दगी में से उठाते हैं। तो किसी बँधी-बँधायी विचारधारा में उसे फिट करने की कोशिश की जाये, ऐसा नहीं है। क्योंकि ज़िन्दगी का अनुभव या घटना अपने अन्दर ही उस कहानी को लिए रहता है। ऊपर से कोई चीज़ थोपी नहीं जाती। भले ही विचारधारा ज़िन्दगी को समझने में मेरी मदद करती है, लेकिन

कोई भी लिखने वाला सीधा ज़िन्दगी से ही साक्षात्कार करता है और ज़िन्दगी में से ही अपनी कहानी उठाता है।

जब मेरी विचारधारा मेरे समूचे रचनात्मक व्यक्तित्व का अंग बन जाती है, खपकर उसमें से आती है, तो ज़िन्दगी को देखने का भी मुझे नज़रिया मिलता है। लेकिन अलग से विचारधारा की कोई भूमिका हो, ऐसा मैं नहीं मानता।'

मूल्यों पर बात

कथाकार गोविन्द मिश्र से बातचीत करते हुए अवध का लहजा मित्रवत् रहता है। इसका लाभ साक्षात्कार करने वाले को यह मिलता है कि उत्तर स्पष्ट और खुलकर सामने आते हैं। यही कारण है कि 'वैल्यूज़' अर्थात् मूल्यों पर भी बात निकल आती है। गोविन्द मिश्र इस सन्दर्भ में किसी प्रकार से संभ्रमित नहीं लगते हैं—'जिसकी वजह से आदमी अब भी टिका हुआ है। यहाँ आदमी इतना पगलाया नहीं है जितना पश्चिम का आदमी पगलाया हुआ है। इसी वजह से तो उन्हें कभी-कभी महसूस होता है कि हमारे लेखन में यह तत्त्व क्यों नहीं आता? जहाँ हम अपनी अच्छी चीज़ों के बारे में...मतलब कुछ ऐसी व्यवस्थाएँ हैं समाज में, जो अभी भी हर हालत में आदमी को टिकाये हुए हैं। तो वो चीज़ें, जैसे हमारी मूल्यवत्ता या जैसे हमारी एक-दूसरे के लिए ख़याल करने की भावना अब भी है। जो ख़ासतौर से कुछ गाँवों-क़स्बों में अब उतनी तो नहीं है, जितनी पहले थी। आर्थिक प्रभाव की वजह से गड़बड़ हो रही है। लेकिन जितनी है, उनको हम उजागर करें...।'

आधुनिक नाटककारों में मुद्राराक्षस एक महत्त्वपूर्ण नाटककार माने जाते हैं। अवधनारायण मुद्‌गल ने उनसे हिन्दी नाटकों, उनके मंचन की स्थिति, नये नाटकों के मंचित न होने का कारण, सफल नाटकों की पहचान, लोकनाट्य का महत्त्व और उसकी परम्परा, हिन्दी नाटकों का भविष्य, सहित अनेक ऐसे प्रश्नों पर बातचीत की जिन्हें प्रायः अदेखा किया जाता रहा है। यदि इस साक्षात्कार में आये मुद्‌दों को गम्भीरता से समझते हुए हिन्दी नाटकों की स्थिति पर संजीदगी से विचार किया जाये तो अच्छे परिणाम सामने आ सकते हैं।

यहाँ मुद्राराक्षस नाटक की सफलता की पहचान के साथ ही निर्देशकों की कमज़ोरी की तरफ़ भी संकेत करते हैं। उन्हें निर्देशकों की यह कमज़ोरी सर्वाधिक परेशान करती है कि वे नाटक को तरीक़े से समझते ही नहीं। प्रायः वे मंचित नाटकों को ही दुहराना चाहते हैं। वह बड़े सहज लहजे में कहते हैं कि अल्काज़ी ने रंगमंच को जहाँ पहुँचाया था, उससे रंगमंच एक क़दम भी आगे नहीं बढ़ सका है। इसका कारण मुद्राराक्षस बताते हैं, अधिकतर निर्देशकों का अहिन्दीभाषी होना। वह बड़ी साफ़ भाषा में निर्देशकों की अल्पज्ञता और नाटककारों के प्रति उदासीनता को खोलते हैं। लोकमंच को मिले सम्मान की कलई भी मुद्राराक्षस इस संवाद में खोलते हैं। वह रंगमंच सम्बन्धी समझ का खाना कुछ और बड़ा करना चाहते हैं। उन्हें यह सही नहीं लगता कि अपने अतीत और वर्तमान को जाने बग़ैर कोई रंगमंच अपनी सीमित समझ से ही करता रहे।

अवधनारायण मुद्गल के साक्षात्कार

साक्षात्कारकर्ता के रूप में अवध का रूप एक जिज्ञासु संवादकर्ता और कुछ ठोस सर्वथा अलग अर्जित करने वाले का रहा। किन्तु जब उनके साक्षात्कार लिए गये तो वह दूसरे ही रूप में उपस्थित नज़र आये। उदाहरण के लिए, अवधनारायण मुद्गल, कालजयी रचनाकार अमृतलाल नागर के अत्यन्त निकट रहे। इस नाते समय-समय पर अनेक शोधार्थी और साहित्यिक रसिक उनसे नागर जी के सन्दर्भ में चर्चा करने आया करते थे।

डॉ. देवेन्द्र कुमार चौबे ने उनसे ऐसी ही एक बातचीत दिल्ली में की। यह बातचीत अनेक कारणों से महत्त्वपूर्ण है। यह बताती है कि अवध ने नागर जी को पहली बार कब पढ़ा था! उन्हें 'बूँद और समुद्र' की ताई, 'मानस का हंस' की कला क्यों पसन्द आती है! रचना ही नहीं, अवध ने नागर जी को भी अनेक रूपों और आयामों में क़रीब से देखा था। देवेन्द्र चौबे ने कभी हाथ में न आने वाले उन क्षणों को बड़ी चतुराई से अवध से निकलवा लिया है जो किसी भी कालजयी रचनाकार के व्यक्तित्व की ईंट-ईंट गढ़ते हैं।

अवध की मान्यता है कि नागर जी मूलतः उपन्यास और उसमें भी

रिपोर्ताज़ के शिल्पकार हैं। उन्होंने कभी आन्दोलनों से बँधकर चलना स्वीकार नहीं किया। वह प्रेमचन्द के उपरान्त नागर जी के अवदान को अत्यन्त महत्त्वपूर्ण मानते हैं। कारण वह अपने प्रत्येक उपन्यास में एक नयी ज़मीन तोड़ते हैं। यही कारण है कि वह मानते हैं कि नागर जी का मूल्यांकन हर आदमी के बस की बात नहीं है। दरअसल उन्होंने बैठक में बन्द होकर कुछ भी नहीं लिखा। उनके लिए फ़ील्डवर्क ही उपन्यास का होमवर्क होता था।

इस साक्षात्कार से पता चलता है कि अवध जिस व्यक्ति के क़रीब रहते थे, उसे वह कितनी गम्भीरता से देखते-परखते थे।

'संचेतना' के लिए मजीद अहमद को दिया गया अवध का लम्बा और बहुआयामी साक्षात्कार भी स्थायी महत्त्व का है। स्वयं के निजी जीवन संघर्ष और उनसे जुड़े लोगों के प्रत्यक्ष और अप्रत्यक्ष अन्तर्विरोधों को, जिस तटस्थ भाव से उन्होंने आकलित किया है—ऐतिहासिक है।

अवधनारायण मुद्‌गल :
ग़ैर-पारम्परिक ऐतिहासिक दृष्टि, विविध सन्दर्भ

अवधनारायण का रचनाकर्म यद्यपि सन् 1960 से काफ़ी पहले प्रारम्भ हो गया था, किन्तु इस वर्ष से तो वह नियमित कविता, कहानी, फ़ीचर, यात्रावृत्त, सामाजिक-राजनीतिक लेख, साक्षात्कार और रिपोर्ताज़ लिखते रहे। वह 1960 से ही पत्रकारिता से जुड़ गये थे और उन्होंने 'जनयुग', 'स्वतन्त्र भारत' आदि से होते हुए टाइम्स ऑफ़ इंडिया की पत्रिका 'सारिका' के सम्पादकीय विभाग में स्थान बना लिया था। 'सारिका' के सम्पादक होने के साथ-साथ उन्होंने डेढ़ वर्ष के लिए टाइम्स ऑफ़ इंडिया की ही महिला पत्रिका 'वामा' के सम्पादन का दायित्व भी सँभाला, साथ ही बच्चों की पत्रिका 'पराग' का दायित्व भी समय-समय पर उन्हें सँभालना पड़ा। यह ऐसे दायित्व थे, जिनके चलते अवध जी को अनेक प्रकार का लेखन-अनाम भी करना पड़ा। उसकी चर्चा यहाँ अनावश्यक है।

अवध के लिखे रेडियो रूपक व फ़ीचर एवं वार्ताएँ आदि भी बहुत लोकप्रिय हुए। वह दूरदर्शन के लिए एक सीरियल 'मामा जी' भी लिख रहे थे किन्तु कतिपय कारणों से यह योजना बीच में ही दम तोड़ गयी।

सामाजिक, सांस्कृतिक, ऐतिहासिक, मनोवैज्ञानिक, मिथकीय व अनेक गहत्त्वपूर्ण धार्मिक सन्दर्भ, उनकी रचनाओं को स्थायी महत्त्व का बनाते हैं। वह स्थानीय से स्थानीय और राष्ट्रीय से अन्तरराष्ट्रीय विषय तक समान अधिकार से क़लम चलाते नज़र आते हैं। वैश्विक साहित्य के वे गहरे अध्येता थे। वैश्विक साहित्य और संस्कृत का उनका निजी पुस्तकालय काफ़ी सम्पन्न था।

‘अपराध : विश्वास और आस्था के टूटते सूत्र’ पढ़ने पर पता लगता है कि मुद्गल जी अपराध और अपराधी पर दकियानूसी ढंग से विचार नहीं करते। उनकी मान्यता है कि व्यक्ति अपनी जन्मजात प्रवृत्ति से ही अपराधी नहीं होता। वातावरण तथा अन्य तरह के मानसिक दबावों का प्रभाव उसे अपराधी बनाता है। हर अपराध के पीछे केवल व्यक्ति के रूप में एक अपराधी की ही नहीं, पूरे समाज, परिवेश और देश की स्थिति की छाया होती है। और होते हैं सामाजिक, राजनीतिक, आर्थिक और मनोवैज्ञानिक सन्दर्भों के आधार। अवध का यह आकलन सही है कि साहित्य के माध्यम से अपराधों की पड़ताल ख़राब या दोयम दर्जे की चीज़ नहीं है। सवाल ये है कि उसे किस नज़रिये से लिखा जा रहा है। यदि उसके पीछे सही स्थिति की परख लोककल्याण की दृष्टि है तो यह मानवता के हक़ में जाता है। अवध ज़ोर देकर कहते हैं कि यह कार्य आदर्शवादी ढंग से नहीं, गहरी मनोवैज्ञानिक समझ और यथार्थ के स्तर पर किया जाना चाहिए।

श्लील और अश्लील के प्रश्न पर भी उनकी यही खुली दृष्टि काम करती नज़र आती है। वह श्लील-अश्लील की व्याख्या करते हुए संस्कृत विद्वानों की तरह व्यापक दृष्टि अपनाने की माँग करते हैं।

‘अन्धी विषकन्या है साम्प्रदायिकता’ लिखते समय अवध यह स्थापित करना चाहते हैं कि साम्प्रदायिक सद्भाव के सहारे ही अमन-चैन क़ायम किया जा सकता है। इन कतिपय सम्पादकीयों के ज़रिये ही नहीं, अवध ने अपनी अनेक कहानियों व कविताओं के माध्यम से भी यही सच रेखांकित किया है। इससे उनकी संवेदनशील खुली सामाजिक दृष्टि सामने आती है।

जहाँ तक सांस्कृतिक मूल्यों की पहचान का प्रश्न है, अवधनारायण मुद्गल इस सन्दर्भ में भी दोहरेपन से परे, एक स्वस्थ साहित्यकार के रूप में उभरकर आते हैं। वह मानते हैं कि ‘डिक्लयराइज़ेशन’ ही ‘डिह्यूमनाइज़ेशन’ को जन्म देता है। इन दोनों ही स्थितियों को वह ख़तरनाक मानते हैं। इनसे बचने की सलाह देते हैं। अपसंस्कृति उन्हें समाज के लिए अभिशाप नज़र आती है तो यह सही भी है।

उनकी ऐतिहासिक दृष्टि पारम्परिक नहीं है। वह बहुत साफ़ शब्दों में यह स्वीकार करते हुए झिझकते नहीं हैं कि आज 'भूगोल छोटा हो गया है, इतिहास सिमट गया है।' उन्हें इतिहास अपने आपको दुष्कर करता नज़र आता है। ठहरा हुआ। वह कहते हैं कि इतिहास ने सिर्फ़ राम और रावण को ज़िन्दा रखा है, उनके समय के आम आदमी को नहीं। वह दरअसल, सत्ता की स्थिति और आम आदमी की स्थिति को अलग-अलग कर पाते हैं। उनका कहना है कि सत्ता हमेशा अपने लिए कुछ विशिष्ट सुविधाएँ बटोरती रही है। और ये सुविधाएँ उस वक़्त के आम आदमी ने मुहैया की हैं—अपनी क़ीमत पर, अपनी ज़िन्दगी और श्रम की क़ीमत पर।

जहाँ तक मनोवैज्ञानिक सन्दर्भों का प्रश्न है, अवधनारायण मुद्गल की रचनाओं के पात्र, चाहे वे कहानियों के हों या कविताओं के, उनमें एक स्थिति विशेष के प्रति असहमति का भाव हमेशा बना रहता है। विवशता के बीच भी विरोध का जज़्बा लिए उनके पात्र भले ही अनुकूलन की स्थितियों के बीच जी-मर रहे हों, लेकिन चाहते वह खुली हवा ही हैं। पात्रों की मनःस्थितियों को समझने की दृष्टि से लेखक उनके मनोजगत को पढ़ते-समझते हुए, उनके मनोविज्ञान में उतरता है। उनके पात्र इसीलिए बाहर की अपेक्षा भीतर की यात्रा अधिक करते नज़र आते हैं।

ऐसा चित्रित करते हुए अवध पात्रों की उन परिस्थितियों को भी बारीक़ी से चीन्हते हैं, जिनसे वह घिरा हुआ है। यह प्रक्रिया अवध की अनेक कविताओं में भी देखने को मिलती है।

जहाँ-जहाँ ऐसा रचनात्मक उठान के साथ सम्भव हुआ है, अवधनारायण मुद्गल एक बड़े रचनाकार की तरह स्मरणीय बन गये हैं।

जैसा कि मैंने पहले भी रेखांकित करने का प्रयास किया है, मिथकों का प्रयोग अवध पूरी सजगता से करते हैं। ऐसा वह गद्य और पद्य, दोनों विधाओं में करते हैं। संस्कृत साहित्य से गहरा लगाव होने के कारण अवध की पैठ भारतीय मिथकों पर पूरी तरह से अन्वेषी और गम्भीर है। वह उनका उपयोग तो करते हैं, किन्तु वर्तमान में उनकी उपयोगिता पर भी बराबर ध्यान देते हैं।

'कबन्ध' जैसी कहानी और 'नाग यज्ञ और मैं' जैसी रचनाओं से यह बात अधिक सहजता से स्पष्ट होती है और समझी जा सकती है।

अवध की विशेषता यही है कि वह मिथक कथा के मायाजाल में फँसे नहीं रह जाते। उन्हें आधुनिक समय के मनुष्य की चिन्ता अधिक है। यह वही मनुष्य है जिसकी जीवन स्थितियों को व्याख्यायित करने के लिए अवध ने प्रायः मिथकों का सहारा लिया है।

धर्म को अवध भारतीय समाज का एक अनिवार्य अंग मानते हैं, किन्तु उनके यहाँ धर्म का अर्थ व्यापक परिप्रेक्ष्य लिए है। वह सीमित नहीं करता, विस्तार देता है। वह जीवन के लिए धर्म पर विश्वास रखते हैं, धर्म के लिए जीवन पर नहीं। परस्पर जोड़ना, उनकी दृष्टि में धर्म की पहचान है। वैमनस्य के लिए वहाँ कोई स्थान नहीं। इस अर्थ में वह खुला आकाश चाहते हैं, सीमित छत नहीं।

वर्तमान के वैश्विक समाज को समझने की कोशिश अवध के लेखन में बहुत पहले से नज़र आती है। जहाँ वे चेकोस्लोवाकिया में हुए परिवर्तन को उसके कारणों सहित समझते दिखाई देते हैं, वहीं अन्तरराष्ट्रीय स्तर पर फाँसी के विरुद्ध आवाज़ भी उठाते हैं। वह विश्व की महाशक्तियों के दबदबे को भी अदेखा नहीं करते और छोटे मुल्कों की आज़ादी की आकांक्षा की पक्षधरता में भी खड़े दिखाई पड़ते हैं। उन्हें जिस मनुष्य की चिन्ता है, वह विश्वमानव है। अपनी-अपनी संकीर्णताओं और कोटरों में बन्द लघुमानव नहीं। इस दृष्टि से उनके सम्पादकीय, अपनी बात और वैचारिक लेख विचारोत्तेजक हैं। वे उन मुद्दों को बेलाग होकर उठाते हैं जिन पर सामाजिक विमर्श की ज़रूरत है।

अवधनारायण मुद्गल मानते थे—'सम्पादकीय पृष्ठों की भाषा प्रतिक्रियात्मक आक्षेप और आवेश की भाषा नहीं, मन्थन और दृष्टिपरक पड़ताल की भाषा होनी चाहिए। निजी राग-द्वेषों के हिसाब-किताब का मंच नहीं है सम्पादकीय। उसकी नज़र पैनी और भेदक होनी चाहिए जो भेद कर पकड़ सके रूढ़ सामाजिक अन्तर्विरोधों की कुण्ठाजन्य प्रवृत्तियों को। निर्मित कर सके वह सामाजिक संक्रमणों के प्रति नयी रचनाशीलता और साहित्य प्रेमियों के भीतर एक सन्नद्ध सचेतक।'

(ज्ञानपीठ द्वारा 13-14 अक्टूबर, 1985 को आयोजित दो दिवसीय 'सृजन पर्व' कार्यक्रम में नवलेखन सम्मान से ऋता शुक्ल को सम्मानित करने के अवसर पर दिये गये वक्तव्य से उद्धृत)

उपसंहार

अवधनारायण मुद्गल की जन्मतिथियों को लेकर भी अनेक भ्रान्तियाँ हैं। लेकिन अब उन भ्रान्तियों का निवारण हो चुका है। सच यह है कि उनकी अकादमिक जन्म-तिथि है—1 जुलाई, 1936 और वास्तविक जन्मतिथि है 28 फ़रवरी, 1936।

क़स्बे से आये और कभी पूरी तरह शहरी न हो पाये अवधनारायण में संस्कार मूलतः क़स्बे के ही बने रहे। देश-विदेश की यात्राओं में भी वह कभी अपनी उस प्रकृति से जुदा नहीं हो पाये। उनके व्यक्तित्व की यही विशेषता थी कि वह क़स्बई अल्हड़ता और अलमस्ती को जीते हुए, अपने जीवन संघर्ष की तकलीफ़ें और पीड़ा के आईने में, उन लोगों की तकलीफ़ें और संघर्ष को भी उसी शिद्दत से महसूस करने की कोशिश की और हरसम्भव सामर्थ्य भर उनकी मदद को आगे आये, जिन्हें अपने कन्धों पर उनकी आश्वस्ति भरी थपकी की ज़रूरत थी। उनमें अपनी रचनाओं की पैरवी के प्रति ऐसी उदासीनता बनी रही जो हिन्दी में प्रायः कम ही देखने को मिलती है। यही कारण है कि सम्पर्क और सम्बन्ध होते हुए भी अवध अपनी रचनाओं के प्रकाशन को लेकर कभी बहुत उत्साहित नहीं नज़र आये। उन्होंने सम्पादन के यज्ञ में अपने रचनाकार की आहुति सहजता से दे दी।

उनके अनुवाद के श्रेष्ठ उदाहरण के रूप में 'सत्यजित राय का सिनेमा', सम्पादन के रूप में 'सारिका' के अनेक ऐतिहासिक महत्त्व के अंक, 'मेरी प्रिय सम्पादित कहानियाँ', 'समय के हस्ताक्षर', 'छाया मयूर' का अप्रतिम विशेषांक आज एक धरोहर ही हैं। उनके योगदान को देखते हुए ही उन्हें बिहार राजभाषा पुरस्कार, हिन्दी अकादमी दिल्ली का 'साहित्यकार सम्मान', उत्तर प्रदेश हिन्दी संस्थान, लखनऊ का 'साहित्य भूषण सम्मान' प्रदान किये गये।

यदि शहरों के लिहाज़ से देखा जाये तो अवधनारायण मुद्गल आगरा, कानपुर, लखनऊ, मुम्बई और दिल्ली में ही रहे। उनके लेखन का विकास भी मुख्यतः लखनऊ और मुम्बई में हुआ। जहाँ तक प्रोफ़ेशनल विकास की बात है, इस लिहाज़ से उन्हें दिल्ली ख़ूब रास आया। दुनियादारी की दृष्टि से भी अवध को दिल्ली ही अधिक पसन्द थी। हालाँकि लखनऊ उनकी स्मृतियों से कभी जुदा नहीं हो पाया। दरअसल, दिल्ली उन्हें एक बड़े गाँव या क़स्बे जैसी ही लगती रही। महानगरीय संस्कृति का विकास उन्हें यहाँ मुम्बई की अपेक्षा ख़ासी धीमी गति से होता नज़र आया। बालकृष्ण राव की पत्रिका 'माध्यम' में अवध द्वारा लिखी गयी 'मुम्बई की डायरी' में, मुम्बई को उन्होंने जिस तरह से महसूस किया और उन एहसासों को दर्ज किया, मुम्बई को उन संस्पर्शों के साथ किसी अन्य लेखक ने नहीं देखा। मुम्बई और दिल्ली के जीवन में इसीलिए उन्हें बहुत अन्तर नज़र आया था। वह जहाँ मुम्बई को सही अर्थों में देश की आर्थिक राजधानी कहते, वहीं दिल्ली को वह सांस्कृतिक राजधानी मानते थे। वह यह भी मानते थे कि साहित्यिक पत्रकारिता के जिस शीर्षस्थ मुकाम पर वह पहुँचे, दिल्ली ने ही उन्हें दिया। कई मित्रों की जिज्ञासा थी कि मुम्बई में रहकर अवध ने फ़िल्मों में लिखने के लिए क्यों नहीं सोचा। जबकि उनके सम्पादक कमलेश्वर जी फ़िल्में लिखने के प्रलोभन में, साहित्य के प्रति ही उदासीन नहीं हुए, 'सारिका'–यानी, साहित्य पत्रकारिता के प्रति भी उदासीन हुए। अवध का उत्तर था, वह साहित्य से दूर नहीं होना चाहते थे, न ही साहित्यिक पत्रकारिता से। ऐसा नहीं है कि फ़िल्में लिखने के प्रस्ताव उन्हें नहीं मिले। लेकिन न उन्होंने फ़िल्में लिखने के प्रस्ताव को मंज़ूर किया, न समान्तर आन्दोलन का हिस्सा बनने को।

एक निजी चर्चा में अवध ने मुझसे यह स्वीकारा था, यदि सुदीप जी की तरह वह भी कमलेश्वर जी के निजी कामों के सहायक बन जाते तो 'सारिका' अपनी सक्षम एडिटोरियल टीम के बावजूद, पराभव का अन्तिम छोर छू रही होती।

लेखन में वह परम्परा से तो गहरे जुड़े ही थे, नयी पीढ़ी पर भी पूरी नज़र रखते थे। जिन एकदम नये रचनाकारों की पहली कहानी अवध ने 'सारिका' में प्रकाशित की, उनमें से अनेक बाद में बड़े कथाकार बने। 'सारिका सर्वभाषा

कथा प्रतियोगिता' के अनेक पुरस्कार विजेता अपनी पीढ़ी के प्रतिनिधि कथाकार बने। वह देख रहे थे कि वह कथा समय रचनाकारों की प्रवृत्ति बदल रहा है। लेखक की रुचि प्रायः सामाजिक सरोकारों से जुड़कर रचना करने की ओर विकसित हो रही है।

लेखन भले ही कम हो गया हो अन्तिम बरसों में, लेकिन पढ़ना अवध का निरन्तर चलता रहा। वह नयी-से-नयी और पुरानी-से-पुरानी कृतियाँ पढ़ते रहते।

अपने समग्र लेखन पर आधारित व महेश दर्पण द्वारा सम्पादित 'अवधनारायण मुद्‌गल समग्र' को दो खण्डों में प्रकाशित देख वह बहुत खुश हुए थे। इसका प्रथम संस्करण सन् 2008 में 'किताबघर' प्रकाशन से प्रकाशित हुआ। इसका समर्पण उन्होंने इन शब्दों में किया था—

'प्रिय बेटी अपर्णा,
तुम्हारी इच्छा
तुम्हारी मम्मी चित्रा का
चीज़ें सहेजना
और
तुम्हारे महेश मामा का
सम्पादन एवं प्रस्तुति
के रूप में
मेहनत—
इसलिए यह
तुम्हीं सब को
समर्पित है...,

—अवधनारायण मुद्‌गल

बेटी अपर्णा उनकी स्मृतियों में ऐसी बसी रहती कि वह उससे अलग कभी न हो पाते।

रचनाकारों के सहयात्री

अवधनारायण मुद्‌गल का जीवन एक सफल साहित्यिक पत्रकारिता से भरा है। इसकी सबसे बड़ी विशेषता है उनकी सादगी और सहजता। साहित्य का

मठाधीश बनने की चेष्टा उन्होंने कभी नहीं की। वह रचनाकारों के सहयात्री थे और आन्दोलन के नाम पर नेतृत्व हथियाने वाले सम्पादकों से प्रायः अलग ही रहते थे। प्रारम्भ में अवध शिव वर्मा और यशपाल से अधिक प्रभावित रहे, किन्तु सन् 1965 के बाद वह डॉ. राममनोहर लोहिया के विचारों से प्रभावित होकर समाजवादी चिन्तन से जुड़ गये।

अवध का एक सहज गुण यह रहा कि उन्होंने कभी महत्त्वाकांक्षा नहीं पाली। न दिल्ली में रहकर राजनीतिज्ञों की कविताएँ, ग़ज़लें, कहानी या उनके साक्षात्कार आदि छापकर उनसे सम्बन्ध बनाने की पहल की। वह किसी भी उपलब्धि के लिए किसी तरह की जोड़-तोड़ से बचते थे। उनके मित्र राकेश वत्स शायद ठीक ही कह चुके हैं कि 'सीधे नहीं, साधू हैं अवधनारायण मुद्गल। इसी कारण निर्लिप्त भी।...'

उनके साथी रमेश बत्रा, सुरेश उनियाल, महेश दर्पण, श्रीकान्त शर्मा और महावीर प्रसाद जैन उन्हें बड़ा भाई मानते थे। फिर दोहराना चाहूँगी कि अफ़सरी उनके स्वभाव में न थी। वह एक साथ रमेश गौड़, हृदय लानी, विनय, सोमेन्द्र, कुमार दा (शब्द कुमार), सागर सरहदी, धर्मवीर भारती, शानी, बीर राजा, राकेश वत्स, प्रदीप पन्त, गोपाल उपाध्याय, बाला दुबे, से.रा. यात्री के प्रिय थे तो इसके अनेक ठोस कारण भी थे।

अवध का साहित्य पढ़ने वाले जानते और मानते हैं कि उनमें एक शास्त्रीय साहित्यिक समझ तो थी ही, अधुनातन विचारों का संस्पर्श भी था। वह संस्कृत की क्लासिक परम्परा के साथ-साथ भारतेन्दु, देवकीनन्दन खत्री, प्रेमचन्द, यशपाल, जैनेन्द्र, अमृतलाल नागर, धर्मवीर भारती, श्रीलाल शुक्ल, नामवर सिंह, ठाकुर प्रसाद सिंह, मुद्राराक्षस, कृष्णा सोबती, हरिशंकर परसाई, उपेन्द्रनाथ अश्क, निर्गुण आदि से भी जुड़े हुए थे।

हम पति-पत्नी के बीच कैसे सम्बन्ध थे, उसे सुरेश उनियाल के शब्दों में समझा जा सकता है—'चित्रा भाभी ने मुद्गल जी की किसी भी आदत की कभी कोई शिकायत नहीं की। दोनों के बीच की आपसी समझ को लेकर उन्हें आदर्श दम्पति कहा जा सकता है। दोनों का प्रेम विवाह हुआ था...कहा जाता है कि राजेन्द्र यादव का उपन्यास 'मन्त्रविद्ध' इसी प्रेम कहानी पर है।'

सरल-सहज अवध की वाग्मिता के प्रशंसक रहे कथाकार रवीन्द्र कालिया

ने 'संचेतना' में अवध के ऊपर लिखे संस्मरण 'उसकी राह फूलों भरी है' में कहा है—'अवध में वाग्मिता की कमी नहीं, कई बार तो ऐसा तीर छोड़ेगा कि आप घायल हुए बग़ैर नहीं रहेंगे। मगर वह बहुत देर तक इस तेवर को बरकरार नहीं रख पाता। आप पायेंगे कि अचानक उसका तरकश खाली हो गया है। ...वास्तव में अवध अपने तरकश में गिनकर तीर रखता है। जो मैं पाँच-दस मिनट में ही अपने ऊपर चलवा लेता हूँ।'

अवध की कविताओं के प्रशंसकों में उनके मित्र और 'उत्कर्ष' जैसी पत्रिका के सम्पादक गोपाल उपाध्याय भी थे। प्रदीप पन्त ने अपने एक लेख 'कई दशक का सफ़रनामा' में अपने मित्र अवध की चर्चा करते हुए कहा है—'गोपाल उपाध्याय उन दिनों 'उत्कर्ष' नामक मासिक पत्रिका निकाला करता था। इसी पत्रिका में प्रकाशित होने के लिए अवधनारायण मुद्गल ने अपनी कविता दी थी। इसी दौर में जो भी नया लेखक लखनऊ आता, 'उत्कर्ष' के कार्यालय में ज़रूर पहुँचता।

यह बड़ी पत्रिका बनाम लघु पत्रिका के युद्ध का दौर था। एक हलचल भरा दौर। तब धूमिल जैसे महत्त्वपूर्ण कवि लघु पत्रिकाओं से ही निकले थे। इसी दौर में अवध 'कंचना' में बैठता था। इसी दौर में उसने 'कंचना' के कवि सम्मेलनी माहौल से अपने को मुक्त कर लिया।'

अवध की कुछ कहानियों के शीर्षक पौराणिक प्रतीक लगते हैं। जब उनका प्रथम कहानी संग्रह 'कबन्ध' प्रकाशित हुआ और उसे जनकवि और अनूठे कथाकार नागार्जुन ने पढ़ा तो उनकी प्रतिक्रिया थी—'मैं तो सोचता था कि 'कबन्ध' एक भयानक राक्षस होगा पात्र के रूप में, लेकिन इसमें तो ऐसा कुछ नहीं निकला।'

स्वयं एक लेख 'रचना प्रक्रिया के बहाने' में अवधनारायण मुद्गल कहते हैं— 'मैंने जो कविताएँ पौराणिक प्रतीकों को लेकर लिखी हैं, उनमें तत्सम्बन्धी पौराणिक घटनाओं के संकेत अवश्य हैं, लेकिन मात्र संकेत ही हैं। उनका अर्थ निश्चित रूप से आधुनिक सन्दर्भों के रूप में ही है। चाहे वह 'नाग यज्ञ और मैं' हो चाहे 'कर्ण: एक नीति परिदृश्य' या 'प्रमथ्यु' आदि कोई भी कविता हो, उन सबके सन्दर्भ मानवीय और आधुनिक हैं।'

यह मैंने पहले भी कहा है और उसे फिर दोहराना चाहती हूँ कि अवध

के रचनाकार में विधा का बना-बनाया प्रचलित फ़ॉर्मेट तोड़ने की ललक हमेशा रहती थी। उनके विधागत ये प्रयोग विलक्षण प्रयोग हैं। शिल्प और कथ्य–दोनों ही धरातल पर। उनकी कविताओं और कहानियों का अपेक्षित मूल्यांकन अब तक नहीं हुआ है। ग़ौरतलब है कि इस तरह के सर्जनात्मक प्रयोगों की सामर्थ्य और सोच रखने वाले के लिए, शास्त्रीय और आधुनिक साहित्य का गम्भीर अध्येता होना ज़रूरी है।

अवध की किताब 'एक फर्लांग का सफ़रनामा' जो पराग प्रकाशन से प्रकाशित हुई थी, के विषय में दानिश ने लिखा है–'एक नितान्त छोटा-सा फ़ासला तय करती हुई किताब अपनी कुल सोलह तिथियों में महानगर का घूँघट खोलती है। कभी न ठहरती उस बम्बई का, जिसके पीछे कभी न डूबने वाला सूरज का चेहरा साफ़ नज़र आता है–'तुम भी चले आये!' और विद्रुप फैल जाता है–'यह वह बम्बई तो नहीं है जहाँ मैं आना चाहता था।' लेखक सोचता है–'टीन के पतरे से बने उस कमरे में मुझे एक चारपाई मिली है। दूसरी पर कोई और सज्जन थे जो उस समय कहीं और रहने गये थे। मुझे यहीं रहना था इसी लोहे की चारपाई पर। विजय निवास लॉज–रहने का उत्तम स्थान।'...भारी भीड़ में खोते हुए, अकेलेपन से भागते, ऊब और उदासी का कोरस गाते हुए लोगों के चित्र सफ़रनामे की वस्तु हैं। बेशक इनके पीछे कोई आशय है। कोई ऐसा तर्क जो इसे कहानी नहीं बनने देता। ख़बर नहीं होने देता। शायद लेखक का आशय कुछ और है। जो इसके शब्दों के बीच एक अन्तहीन मौन-सा फैलता गया है।'

अवध के पात्र प्रायः सामान्यजन के बीच से ही आते हैं। उनकी रचना प्रक्रिया बड़ी अलग क़िस्म की रही। स्वयं अवधनारायण मुद्‌गल लिखते हैं–'मुझे अपनी कहानियों के पात्र चुनने में कोई परेशानी नहीं आयी। पहले मेरे मस्तिष्क में एक आइडिया आया और उस आइडिया को ध्यान में रखकर कहानी का पूरा ख़ाका तैयार हुआ। उस ख़ाके में जो भी संशोधन, परिवर्तन आदि करने पड़े, वे पहले मस्तिष्क में हो गये। उसके बाद उसे व्यवस्थित रूप में काग़ज़ पर उतारा और सबसे अन्त में कहानी का शीर्षक दिया।'

यह रचना प्रक्रिया इतने सहज शब्दों में रचनाकार इसीलिए बता पाया कि उसके समूचे मिज़ाज से असहजता सिरे से नदारद थी। व्यक्तित्व में वह

खिलन्दड़ से नज़र आने वाले इन्सान ज़रूर थे, किन्तु उनमें संजीदगी पूरी तरह से मौजूद थी। वह एक सहृदय, सरल, जनोन्मुखी और निहायत पारिवारिक व्यक्ति थे, जिनके आधार में संवेदनशीलता विराजती थी। कभी आत्ममन्थन का मन होता तो ख़ामोश हो जाते। ख़ूब विचारते और इसके बाद ही निष्कर्ष पर पहुँचते। छोटी-से-छोटी चीज़ें भी उनके लिए बड़ा अर्थ रखती थीं। उनका बाहर का रूप और भीतर का रूप भिन्न था। वह ज़रूरत पड़ने पर ही प्रतिक्रिया देते। उनकी हताशा, कुण्ठा, अवसाद या टूटन महज़ उनकी नहीं, उनके समय के मानव समाज की थी। कुल मिलाकर उनका रचना-स्वर जीने के प्रति उत्साह भरने वाला है, उसे कम करने वाला नहीं। वह अपने समय, समाज, सभ्यता, इतिहास और परम्परा की सम्यक् आलोचना करना चाहते थे और मनुष्य को उसकी समूची स्थितियों और विसंगतियों के बीच ही खोलना चाहते थे। उनका स्वभाव ऐसा था कि एक जिज्ञासु उनमें हरदम मौजूद रहता। वह सिर्फ़ अपनी न कहते दूसरों की भी भरपूर सुनते। विट तो उनके अन्दर कूट-कूट कर भरा हुआ था। जिस क्षण को जीते, शिद्दत से जीते। उन्हें आत्मप्रशंसा के भाव में लिप्त शायद ही लोगों ने कभी देखा हो। वह आत्मालोचना भी बड़े सहज भाव से करते और अपराध-बोध या आत्मस्वीकार भी। सीधे दिखते, सरल लगते, किन्तु आत्माभिमान उनमें कूट-कूटकर भरा था। जहाँ उन्हें लगता कि उनके सम्मान की रक्षा तरीक़े से न हो सकेगी, वहाँ वह बने रहना उचित न समझते। उनकी ख़ामोशी ऐसी होती कि बहुत कुछ कह जाती।

उनकी ख़ामोशी, अब भी बहुत कुछ कहती रहती है, सुनती रहती हूँ मैं...

परिशिष्ट

अवधनारायण मुद्गल जीवन–क्रमणिका

जन्म : 28 फ़रवरी, 1936 (वास्तविक), 1 जुलाई, 1936 (दस्तावेज़ों में)

जन्मस्थान : गाँव एमनपुरा, बाह, आगरा (उ.प्र.)

शिक्षा : शास्त्री (संस्कृत साहित्य) वाराणसी; साहित्य रत्न (साहित्य सम्मेलन, प्रयाग); बी.ए. सोशल एंथ्रोपोलॉजी, लखनऊ विश्वविद्यालय; हिन्दी में एम.ए., लखनऊ विश्वविद्यालय

पिता : पण्डित गणेश प्रसाद मुद्गल

माँ : श्रीमती पार्वती देवी

पत्नी : श्रीमती चित्रा मुद्गल (लेखिका व समाजकर्मी)

पुत्र : राजीव मुद्गल (फ़िल्मकार)

पुत्री : अपर्णा मुद्गल (अब स्वर्गीय, पूर्व मीडियाकर्मी)

बहू : शैली मुद्गल (फ़िल्मकार)

पौत्र : शाश्वत् मुद्गल

पौत्री : अनघा मुद्गल एवं आद्या मुद्गल

दामाद : शशांक गर्ग (अब स्वर्गीय) (पुत्री एवं दामाद का निधन एक कार दुर्घटना में सन् 1993 में)

भाषा ज्ञान : हिन्दी, संस्कृत और अंग्रेज़ी पर अधिकार तथा मराठी, गुजराती, उर्दू का सामान्य ज्ञान।

कार्यानुभव

• सुविख्यात कथाकार श्री अमृतलाल नागर के सहायक के रूप में सन् 1958 से 1960 तक लखनऊ में कार्यरत; • 'जनयुग', समाचार-पत्र में उप-सम्पादक के रूप में कार्य सन् 1961 में; • विख्यात क्रान्तिकारी व कथाकार यशपाल के साथ उनके मुख्य सहायक के रूप में कार्य सन् 1961-62 में; • 'स्वतन्त्र भारत' हिन्दी दैनिक, लखनऊ में फ़ीचर लेखक के रूप में सन् 1962 में; • 'हिन्दी समिति', लखनऊ में सन् 1962-63 में कार्य; • हिन्दी कथा पत्रिका 'सारिका' में उप-सम्पादक के रूप में कार्य प्रारम्भ मार्च 1964 में; • मुख्य उप-सम्पादक के रूप में पदोन्नत जनवरी 1979 में; • सहायक सम्पादक के रूप में पदोन्नत सन् 1982 में; • अप्रैल 1982 में 'सारिका' के सम्पादन का स्वतन्त्र प्रभार; • 'सारिका' के प्रमुख सम्पादन का कार्यभार मार्च सन् 1985 से दिसम्बर 1990 तक; • जनवरी 1987 से जून 1988 तक महिला पत्रिका 'वामा' का अतिरिक्त प्रभार; • 'वामा' के साथ-साथ कुछ समय के लिए 'पराग' के सम्पादन का भी अतिरिक्त प्रभार (यह सभी पत्रिकाएँ टाइम्स ऑफ़ इंडिया ग्रुप की थीं); • रेलवे बोर्ड में बतौर सलाहकार (रेल मन्त्रालय) जनवरी सन् 1991 से अगस्त 1992 तक; • सितम्बर 1992 से 1994 तक केड़िया समूह के प्रधान सम्पादक नियुक्त; • नेशनल पब्लिशिंग हाउस से प्रकाशित पत्रिका 'छाया मयूर' का सम्पादन सन् 1994 में; • सन् 1986 से 1988 तक पर्यटन मन्त्रालय की हिन्दी सलाहकार समिति में; • सन् 1988 में वाणिज्य मन्त्रालय की हिन्दी सलाहकार समिति के सदस्य; • सन् 1989 में राजस्व विभाग की हिन्दी सलाहकार समिति के सदस्य; • सन् 1989 में डाक-तार बोर्ड की हिन्दी सलाहकार समिति के सदस्य।

प्रकाशन

कहानी संग्रह 'कबन्ध' का प्रकाशन सन् 1981 में (पंकज प्रकाशन); 'मेरी कथा यात्रा' सन् 1985 में प्रकाशित; 'अवधनारायण मुद्गल समग्र' (दो खण्ड) महेश दर्पण के सम्पादन में (किताबघर) (2008); 'मेरी प्रिय सम्पादित कहानियाँ' सन् 2004 में प्रकाशित (रे माधव प्रकाशन); 'अवधनारायण मुद्गल की लोकप्रिय

कहानियाँ' सन् 2019 में प्रकाशित (प्रभात प्रकाशन); 'एक फर्लांग का सफ़रनामा', यात्रावृत्त सन् 1985 (पराग प्रकाशन)।

विदेश यात्रा

इराक, नेपाल, मॉरीशस, स्पेन।

सम्मान व पुरस्कार

राजभाषा सम्मान सन् 1989 में (बिहार राजभाषा विभाग); साहित्यकार सम्मान सन् 2000 में (हिन्दी अकादमी, दिल्ली); साहित्य भूषण सम्मान सन् 2003-2004 में (उत्तर प्रदेश हिन्दी संस्थान, लखनऊ)।

सामाजिक कार्य

सांस्कृतिक एवं सामाजिक संस्था 'सिटी फोरम' (1978) के फाउंडर सदस्य।

'हिन्दू-मुस्लिम एकता समिति,' की प्रचार समिति के सचिव (1981)।

सन्दर्भ-सूची

1. 'कबन्ध', कहानी संग्रह (पंकज प्रकाशन), सन् 1981
2. 'मेरी कथा-यात्रा', कहानी संकलन (सन् 1985)
3. 'एक फर्लांग का सफ़रनामा', यात्रावृत्त (सन् 1985)
4. 'अवधनारायण मुद्‌गल समग्र', सम्पादन : महेश दर्पण (किताबघर, सन् 2008)
5. 'संचेतना', सम्पादक : महीप सिंह (सितम्बर 2006)
6. 'सारिका' के अनेक अंक
7. 'उत्तर प्रदेश' (पत्रिका) का 'स्मरण में है आज जीवन' (विशेषांक, फ़रवरी-मार्च-अप्रैल, 2016) सम्पादन : कुमकुम शर्मा
8. 'लोकायत', सम्पादक : बलराम (16-30 अप्रैल, 2015)
9. चित्रा मुद्‌गल को लिखे पत्र (1979 से 1983 के बीच)
10. बेटे राजीव व बेटी अपर्णा को लिखे पत्र (1979 से 1983 के बीच)
11. 'आज का रचनाकार अपने माहौल के प्रति जागरूक है' (महेश दर्पण को दिया एक लम्बा साक्षात्कार)
12. 'नागर जी का मूल्यांकन हर आदमी के वश की बात नहीं' (देवेन्द्र कुमार चौबे को दिया साक्षात्कार)
13. मजीद अहमद को दिया साक्षात्कार, सम्पादक : महीप सिंह ('संचेतना', अंक सितम्बर 2006, अवधनारायण मुद्‌गल विशेषांक)
14. रवीन्द्र कालिया (लेख, दैनिक हिन्दुस्तान, लखनऊ)
15. ममता कालिया, संस्मरण, उत्तर प्रदेश पत्रिका विशेषांक—'संस्मरण में है आज जीवन' (फ़रवरी-मार्च-अप्रैल, 2016) सम्पादन : कुमकुम शर्मा

16. प्रदीप पन्त, संस्मरण (संचेतना : सम्पादक महीप सिंह), सितम्बर 2006
17. हरे प्रकाश उपाध्याय, उत्तर प्रदेश पत्रिका विशेषांक—'स्मरण में है आज जीवन', सम्पादन : कुमकुम शर्मा, सन् 2016
18. विज्ञान भूषण का संस्मरण (हरिभूमि, 19 अप्रैल, 2015)
19. सफ़रेश उनियाल, संस्मरण : कथादेश, 2016
20. राकेश वत्स, पत्र, 6/5/1989
21. 'स्वातन्त्र्योत्तर हिन्दी कहानी कोश' (सम्पादक : महेश दर्पण), सचिन प्रकाशन, सन् 1988
22. बीसवीं शताब्दी की हिन्दी कहानियाँ (सम्पादक : महेश दर्पण), सामयिक प्रकाशन, सन् 2000
23. समय के साक्षी (साक्षात्कार संकलन)
24. अवधनारायण मुद्‌गल की व्यक्तिगत डायरियाँ

□□

फ़ोटो एलबम

अवधनारायण मुद्गल

अवधनारायण मुद्‌गल

अवधनारायण मुद्गल

अवधनारायण मुद्‌गल

अवधनारायण मुद्गल

'सारिका' के कवर पर चर्चा करते हुए

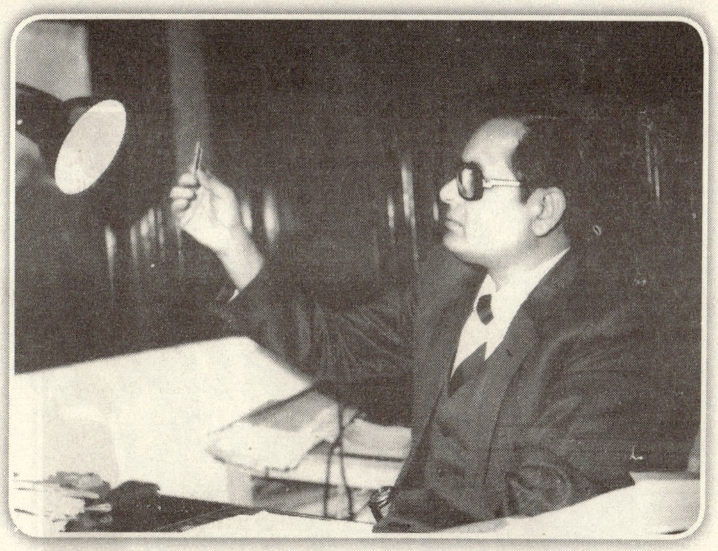

यह फ़ोटो कैसी रहेगी पत्रिका के लिए! दरियागंज कार्यालय में

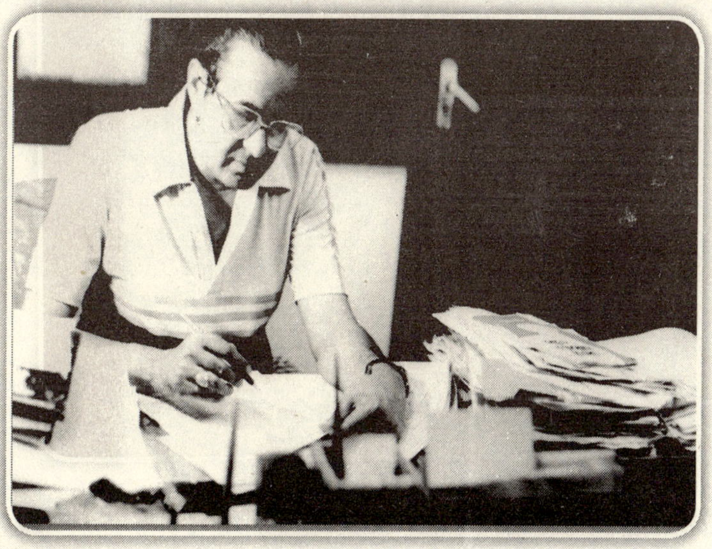

सम्पादक की व्यस्तता

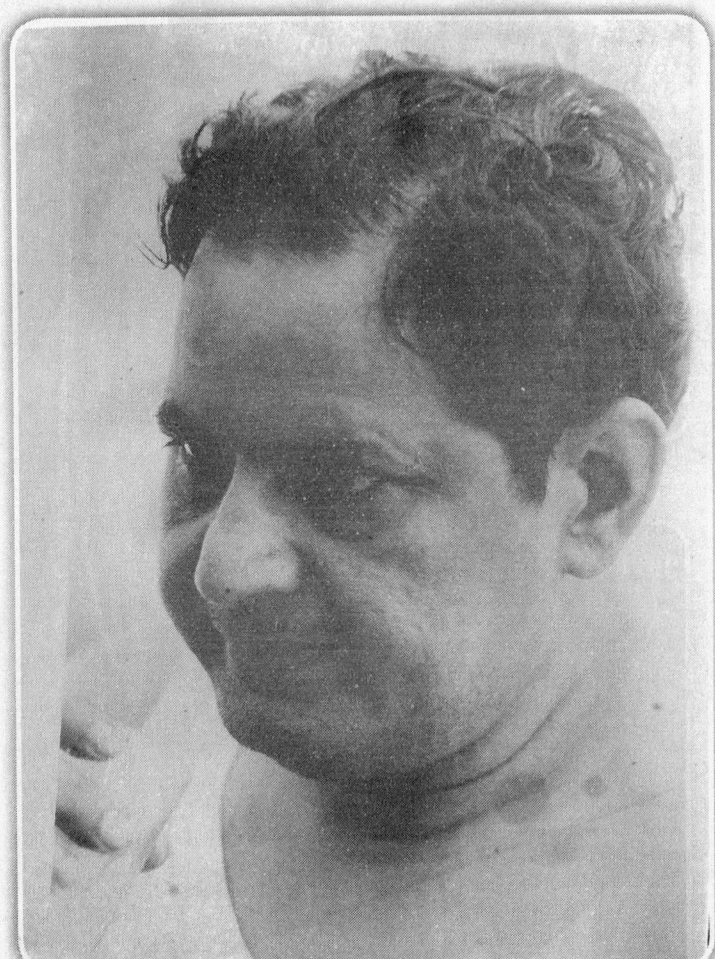

ये जो है ज़िन्दगी!

कथाकार बीर राजा से दोस्ती

शब्दकुमार, राजेश खन्ना ओर अवधनारायण मुद्‍गल

शिमला में 'शिखर' द्वारा आयोजित सम्मेलन में जैतेन्द्र कुमार की उपस्थिति में मुद्गल जी का उद्बोधन

राजेन्द्र सिंह बेदी के साथ चाय पान

शिवानी जी के साथ लखनऊ में

पद्‌मा सचदेव, इस्मत चुग़ताई और अमृतलाल नागर के साथ

विष्णु प्रभाकर, चित्रा मुद्गल, परमानन्द श्रीवास्तव के साथ

राकेश वत्स और से.रा. यात्री के साथ

चन्द्रगुप्त विद्यालंकार के साथ मुम्बई में

अमृता प्रीतम, पद्मा सचदेव के साथ ख़ुशनुमा पल

समग्र विचार मंच की ग़ज़ल गोष्ठी में हरजीत सिंह, सत्यपाल सक्सेना, महेश दर्पण व ग़ज़ल पाठ करते हुए ज्ञानप्रकाश विवेक के साथ अध्यक्ष की हैसियत से अवधनारायण मुद्गल

भारतीय संस्कृति संसद में वक्ता की भूमिका

पत्नी चित्रा मुद्‌गल के साथ मॉरीशस के ग्रीग्री समुद्र तट पर

परिवार के साथ

घर पर पति-पत्नी

विवाह की घड़ी में वरमाला

बेटी बिट्टू के साथ

अवधनारायण मुद्गल आसन विशेष में